Amor, Pfeil und Bogen

Was du mit mir machst? - Ich sag's dir ungelogen:
Ich fühle mich wie ein Pfeil im Flitzebogen.

Wahrheit zeigt Wirkung:
Pfeilspitzenschmerz.
Wirkung schafft Wahrheit.
Lieb nicht zum Scherz.

Morgenröte (1)

8. März 2017, 06 Uhr 34

Es ist gleich früh um sieben,
Morgenröte sagt mir,
dass wir uns lieben,
so spricht die schöne Morgenröte:
als ob sie Sorgen töte,
als gäb's nicht Not noch Nöte,
nur sie, die Morgenröte,
die sich uns anerböte,
schon morgens früh um sieben
die Sache mit dem Lieben
doch nicht zu versieben
und auch die Lebens-Schlachten
kein bisschen zu verachten,
weder hi-ha-hochnäsig
noch bri-bra-brumm-bräsig.

Wenn des Kummers Gift langsam träufelt,
sind wir doch nicht verzweifelt,
nicht vereinzelt oder ver-ein-zellt,
sondern vereint unterm Sternhimmelszelt,
wie es uns und der Morgenröte gefällt.

Johann Goethe
spielt Flöte,
spielt Triller,
auf Friedrich Schiller sei'm Piller.
- Dank an F.K. Waechter
für dieses Kulturgelächter -
Wenn uns das nicht den Tag erhellt.
Wenn uns das nicht am Leben erhält.

VERLAG ANTJE KUNSTMANN

Wiglaf Droste

Tisch und Bett

Gedichte

Verlag Antje Kunstmann

Tja

Das Leben macht immer, was es will.
Manchmal scheint es bereit, sich zum Guten zu fügen.
Aber auch damit kann man sich immer betrügen.
Ich will nicht maulen und bin jetzt mal still.

Eins

Ihr Duft liegt in der Luft

Sie sitzt im Bett und raucht Zigarre,
ich daneben, und ich starre
schwer begeistert und verliebt:
Dass es solche Frauen gibt!

Frauen? Nein! Was soll der Plural?
Der macht nur die Schönheit schal.
Diese Frau, ganz Singular,
ist mir einzig und ganz wahr.

Sie, die in der Arbeit schuftet,
sitzt ruich da und alles duftet
hier im Bett so schön kubanisch,
aus der Küche okzitanisch.

Denn ich stand schon früh am Herd,
als sie schlief, ich glaub ich werd
an dem Glück noch schier verrückt.
Ach, egal, ich bin entzückt.

Raucht sie doch niemals aus Müssen.
Nur aus Lust, ich will sie küssen!
Den Geruch nach feiner Zeder
atme ich und nicht ein jeder.

Lächelnd raucht die Sphinx, und dieser
Blick gleicht dem der Mona Lisa.
Rätselhaft und unergründlich
und der Ausdruck wechselt stündlich.

Selten ahn ich, was sie denkt.
Ich weiß nur, dass sie mich lenkt.
Sie pafft eine Wolke sieben
und dann heißt es: Lieben! Lieben!

So beginnen, ohne Frage,
alle allerschönsten Tage.
Und ich freue mich und harre,
bis es heißt: Sie raucht Zigarre.

Jeder Morgen ist ein neuer

Jeder Morgen ist ein neuer,
das ist mir zu lieb und teuer,
um in Routine zu rotieren,
die andre mir auf Brote schmieren,
die dann ungenießbar werden,
dazu bin ich nicht auf Erden.
Und jeder Morgen ist ein neuer.

Morgengruß

Ich hatte einen Kneipp-er-guss,
der macht so klar, ich bin im Fluss,
ich bin im Di-Da-Dichterfluss
und rede jetzt entsprechend Stuss:
Il sole lucet omnibus!
Und da ist gar nichts, das ich muss,
kein Fiskus und kein Sonstverdruss,
ich geb dir einen Dichterkuss,
du Süße!
Smick-Smack zwischen die Wangen,
was kannst du mehr verlangen
als Küsse auf den Mund?
Die Monde, schönstens kugelrund,
die werden zart und wild geküsst,
erst da-nach wird sich froh vertschüsst,
in einen zaubrisch tollen Tag.
Ich mal ihn mir, wie ich ihn mag,
und grüße!

Morgenhauch

Es soll dich, Süße, stets ein sanfter Kuss aufwecken;
ich möchte nicht, dass rohe Wecker dich erschrecken.
Die Tiefe wie die Zartheit der Empfindung
sind weder männliche noch weibliche Erfindung.
Und so will ich mich nicht länger weigern,
mich ganz und gar in dich hineinzusteigern.

Morgenröte (2)

zum 8. März

Frauentag und Morgenröte,
und ein kleiner Mann im Ohr
flüstert dir was Schönes vor.
Das kommt vor und ist Komfort.

Ja, Comfort and Joy
sind mir nicht neu.
Aus dem Schakal
wird ein Chagall.

Frauentag und Mörgenröte,
das kommt vor, das kommt vor.
Und ich bin's in deinem Ohr,
flüstre dir was Schönes vor.

Denn was ich flüst-
er, ist dein Gelüst.

Sorgen, Morgen, Pillepalle

Mach dir, Süße, bitte nicht so viel Sorgen
über das Morgen und Übermorgen.
Grad das Übermorgen ist fürchterlich.
Es ist das grässliche Über-Ich
unter den existierenden Zeiten.
Lass dich von diesem Quark nicht fehlleiten.

Wenn ich das Eso-Gelalle vom »Hier und Jetzt«
anhören muss, bin ich schier entsetzt.
Wer nur das »Hier und Jetzt« hat, kennt keine Zeit,
keine Zukunft und keine Vergangenheit.
Trotz alledem: Du musst dich nicht sorgen,
du musst weder betteln, noch musst du borgen.

Lebe, du Schöne, dein ganzes Leben.
Was ich dazugeben kann, das will ich dir geben.

Glück und Ketten

»Ich bin gerade so glücklich und das will ich genauso behalten!«,
sagt der Glückliche. »Nichts soll sich ändern und alles beim Alten

bleiben.« Er beginnt, das Glück in Dosen und Gläsern zu konservieren,
in Formalin einzulegen, dann kann, denkt er, ihm nichts mehr passieren,

und das, was er hatte und wegsperrt, vermodert, zerfällt und erstickt,
bis das Glück sich verdünnisiert hat, das ist ihm sauber geglückt.

Auch ich wünschte, dass du mich immerzu küsstest, streicheltest, kraultest.
Doch wer Glück zementieren will, der verscheucht und vergrault es.

Heiraten

(geschrieben am 228. Jahrestag des Sturms auf die Bastille)

Heiraten ist eine seltsame Sache.
Ich weiß genau, warum ich das nicht mache.
Weder will ich mich fügen,
noch dass man über mich verfügt.
Will auch nicht (mehr) lügen, betrügen.
Oder dass man mich belügtrügt.

Ich möchte in Freiheit leben und lieben.
Ich kann das nicht trennen, ich kann das nur so.
Freiheit und Liebe, und das nicht versieben.
Mit wem geht das, wie, wann und wo?

Man muss weibliche Ängste geduldig auffangen.
Eigene auch, es gibt viel Angst auf Erden.
Fänger im Roggen sein könnte mir langen.
Nur will ich von Angst nicht gefressen werden.

Dann lieber von einem wilden Tier.
Wie, du bist eins? Heiraten wir?

Immer

Es ist immer schön,
wenn du da bist;
mir geht es hinterher
immer besser als vorher,
egal, worüber wir sprechen,
richtig ernst oder albern
oder egal, jedenfalls alles.

Seltsam, diese Vertrautheit,
dieses Vertrauen, kein Limit,
es ist einfach da, als wären wir
damit geboren worden,
und jedes Mal ist es schön,
dich zu sehen,
und immer geht es dir
hinterher besser als vorher.

Morgenfreuden

Mein Körper roch etwas abgestanden,
ich wusste, so kann er bei dir nicht landen,
so muffig und fade
und das wär doch schade!

So schleifte ich ihn zur Wanne
und badete ihn
und das volle Kanne
in Extrakten aus Rosmarin.

Zurück aus dem Bade -
nicht wieder dösen!
Folge pfeilgrade
dem Ruf der Natur!
Wie? Ich soll mich jetzt »lösen«?
Nein, Bart ab und Vollrasur!

Morgendichtung

Morgens zwischen sechs und sieben
hab ich ein Gedicht geschrieben.
Ach, das war ein großer Spaß
und ich machte mich fast nass,
weil das Teil so komisch war,
furchtbar ulkig, wunderbar!
Worum es ging in dem Gedicht?
Tut mir leid, das sag ich nicht.

Esto es

Schon der Morgen trägt den Schimmer
von »Heut wird's ein Tag für immer«
und, man glaubt es selber kaum:
Wenn ich träume, bin ich Traum.

Zwei

Heimgereist und heimgeleuchtet oder: Och je, ihr Armen!

Den Bürgern Germaniens zugespielt

Wie sie hetzen, hecheln, zischeln, fälschen, intrigieren,
prahlen und krakeelen
aus »Wir-als-Deutsche-müssen-wieder-alles-zahlen!«-
Geizgeil-Kehlen.

Wie sie dann jammern, janken und beim Andre-Völker-
Unterdrücken bitter klagen,
sie hätten auf der Welt, was für ein Unrecht!, hier und
schier rein gar nichts mehr zu sagen.

Wie sie die Gier und den Besitzstandsaufbewahrungsschiss
als »große Sorge« tarnen,
und kleinkariert Karrierehände ringend oder reibend,
mahnend vor der »Welt da draußen« warnen.

Wie sie in dicken Knatterkarren, tausendfach-millionenhoch
versichert,
sich durch ein Land bewegen, in dem kein Mensch einfach
nur so mal erbsig kichert.

Wie sie sich bier-und-angstbefüllt in ihre Hässlichhemden
und in ihre Freizeithosen machen
und humus-und-humorfrei empathielos über grundegales
Elend ihnen Fremder lachen.

Wie sie Porter-Monnaie-Genuss ausstellen und stets
unzufrieden nie La Vie genießen,
um dann als unbefriedbar rohes Zeug von Vieh noch zu
versuchen, alles Frohe zu verdrießen.

Wie sie stets maulen, meckern, motzen, doch niemals sich
wirklich wehren,
nichts lernen, aber aller Welt die Säure eines Sauertopfs
und Laberkopfs bescheren.

Wie sie, Europas Oberlehrer, sich für keinen Euro-Cent
genieren,
den Kontinent zu mobben und ihm Vorschriftsregeln zu
diktieren -

Kann man auch Lehren ziehen aus den Sich-die-Taschen-die-
bis-zu-den-Socken-runtergehn-Vollstopfern?
Man kann. Es muss viel mehr von ihnen geben, insbesondre,
wie es dann medjaal verbreitet wird, »unter den Opfern«.

Aus Land und Gau

Ein Kinderlied

Hinterm Stacheldrahtverhau
dirigiert der Super-Gau,
intrigiert und interniert,
bis der Welt das Herz gefriert.
Sauland-Gauland, gib mal Ruhe
in der ›ZEIT‹- und Fernsehtruhe.
Träumst von kernseifenen Gauen,
wo man blonden deutschen Frauen
Germaspenden von Spermanen
reindrückt bis zum Gottserbarmen,
bis sie, denn das wär das Grauen,
nicht mehr nach den Fremden schauen,
die höchst wohlaussehend sind.
Gau-Land braucht kein Mischlingskind!
Keinen armen Paria,
Waschmittel heißt Arier!
Hilft auch gegen den Islam,
der muss raus, selbst wenn er zahm
wie das Christentum geworden
ist: Islam will nichts als morden,
wie die Schar der Christenhorden,
die im Süden wie im Norden
alles andre massakrierte,
bis man sie zivilisierte.
Zivilisiert wird Gauland nie,
wenn er auch so tut, und wie!,
kriegt man Vaterlands-Phobie,
Deu-und-Gautschland-Allergie
gegen völkisches Bläh-Bläh
und Identitäterä,

die man aber, einfach so,
runterspült auf jedem Klo,
sei's von Villeroy und Boch
oder gleich ein braunes Loch.
So, nun halt den rechten Rand,
AfD, After für Deutschland.

Bürgernähe

Wir sind jetzt noch näher
am Bürger!
Frohlocken die Späher
und Würger.

Wunsch und Welt

Das Schein-statt-Sein der Häppchen und der Schnäppchen,
der vollgedopten Grinsies auf dem Siegertreppchen,
das muss ja irgendjemand finanzieren,
der Laden soll doch, bittschön, funktionieren.
Die einen kann man kaufen, kann man schmieren,
so sie nach einem Kuchenstückchen gieren,
den andren sagt man: »Ihr habt zu parieren!«
Man will sich schließlich kostengünstig amüsieren.

Doch gibt es auch noch Sand statt Öl im Weltgetriebe,
das sind die guten Leute, die ich liebe.
Sie trotzen fröhlich dem Medialgelärme,
denn eine reibungslose Welt wär eine ohne Wärme.
Beliebtsein ist beliebig; social-media-geliked,
beachtet statt geachtet bleibt, wer schweigt, nicht streikt.
Es gibt weit schlechtere Loko-Motive,
wie auch zum Arbeitskampf keine Alternative.

Neid auf den Flüchtling

Ich bin so neidisch auf den Flüchtling als solchen,
er darf in Gruppen und in Turnhallen schlafen.
Und ich als armer Molch unter Molchen
muss allein in meinen Single-Haushalt-Hafen.

Muss die Sitzung von Pegida erdulden,
A-f-D ertragen bis zum Geht-nicht-mehr.
Dazu kommen noch die vielen Bankschulden,
die hat kein Flüchtling, ich beneide ihn sehr

Um sein freies Leben am Feuer,
gemeinsam mit Frau und Kleinkind.
Für mich ist das Leben nur noch teuer,
weil hier die Verhältnisse so sind.

Ich wär gern frei
wie ein Asylant,
schlug ihn deshalb zu Brei
und hab ihn abgebrannt.
Tat das alles mit eigener Hand
für mich, Gott und deutsches Vaterland,
dessen Muttersprache ich unfähig bin.
Sagt doch selbst: Worin liegt da der Sinn?

Seht ihn an, den Flüchtling, der kann reisen,
wohin immer sein Herz es beliebt.
Ich kann's mir bei den hiesigen Preisen
nicht leisten, weil mir keiner was gibt.

Der Flüchtling aber kriegt es reingeschoben,
all das Geld, das ich nicht hab und nicht bezahl.
Gibt es eigentlich noch unten und oben,
oder ist auf dieser Welt alles egal?

Wir sind doch Deutsche!, werden dafür geschlagen,
mit der Nazi-Keule bei Tag und bei Nacht.
Ich kann das nicht länger ertragen,
darum hab ich mich im Fremden umgebracht.

Ich wär gern frei
wie ein Asylant,
schlug ihn deshalb zu Brei
und hab ihn abgebrannt.
Tat das alles mit eigener Hand
für mich, Gott und deutsches Vaterland,
dessen Muttersprache ich unfähig bin.
Sagt doch selbst: Worin liegt da der Sinn?

Welchem soll man sich noch widmen?

Welchem soll man sich noch widmen
in den Vollkaputtnik-Welten?
Wo erklingen noch die Rhythmen,
die dies Wort zum Singular erhellten?

Manche gehen einfach stiften,
lassen ihre Fraun sich liften:
»Botox to go« für die Kurfürstendame in Berlin.
Mir reicht der Name, es gibt so unerquickliche Quick-
Phantasien.

Man setzt auf Kohle, Penunze, auf Geld und Zaster.
Und is noch was übba, stöhnt der glotzende Rest:
»Boah, watt verpasst der?!«
Nichts, ihn überrollt, mit 30 Tonnen, sein eigener Laster.

(Sie können statt »eigener« auch »eigenes« schreiben.
Wenn Sie nicht mögen, lassen Sie's bleiben.)
Ich bleibe bei Ihnen und halt Ihre Hand
und sag Ihnen, trennbar niemals sind Gefühl und Verstand.

Ja, die Äpfel und die Pflaumen,
wild bewegen sie den Gaumen,
und verführn den alten Mann
zu probiern, ob er's noch kann.

Kokolores! Aber ein schöner!
Lautstark pocht der Wahn der Liebe
an die Tür, ja, öffne sie, bleib ein Verwöhner.
Und gib den Fittis des perversen Verzichts
alle Hiebe.

Schenk ihnen nichts, sie kennen die Liebe
nicht. Und vergiss nie: Sie sind Nazis, weil sie es sein wollen
und ohne jedwede Verschwörung auch sein sollen.
Bitte kein Sozialdrama-Gebläh
mit Schaf, Getreide und Sense: immer Bauer, mäh-mäh.

Tunnel, Züge, Licht

Zappenduster ist's, einer ruft:
»Da ist Licht am Ende des Tunnels!«
»Das ist doch nur der Zug von vorn«,
spöttelt ein anderer.
Licht am Ende des Tunnels?
Rücklichter sind's längst abgefahrener Züge.
Der Nachtzug »Vision« zischt, Vergangenheit
schon jetzt, bis zum Rand voll mit Nationalisten:
ahnungslose Skelette, ihre Nation:
aggressive Resignation.

Kehrreim

Medienfittis machen muntre Menschen müde:
nach außen schwer aufgegeilt, im Inneren prüde.
Nie zeigen sie Haltung, stets nur Attitüde,
das Wahrwort weicht der Ja!-Plattitüde.
So sind sie beschaffen, ob Hündin, ob Rüde:
Das Medium läuft, der Mensch sitzsackt müde.

Fremdenhass

Der Protz, der pumpend Hanteln stemmt:
Er ist mir fremd.
Muss ich ihn hassen?
Der Sandalettenfredie da im Unterhemd:
Er ist mir fremd.
Muss ich ihn hassen?
Der Allesfresser, reichlich aufgeschwemmt:
Er ist mir fremd.
Muss ich ihn hassen?
Der Eitling, der den breiten Scheitel kämmt:
Er ist mir fremd.
Muss ich ihn hassen?
Der Heuler, der stets barmt und memmt:
Er ist mir fremd.
Muss ich ihn hassen?
Der Pfarrer, frömmelnd und gehemmt:
Er ist mir fremd.
Muss ich ihn hassen?
Der Koranist, der jede Lebensfreude dämmt:
Er ist mir fremd.
Muss ich ihn hassen?

Ich könnte, doch ich kann's auch lassen.
Für mich muss kein Hasso fassen.
Das ist, wie die Wahl der Kleidung,
meine Entscheidung.

Was belästigt, sei persönliche Beleidigung?
Und Hassen diene der Selbstverteidigung?
Stellt euch unter die Kopfkühlbrause
und macht mal Hasspizza-Mittagspause.

Danach könnt ihr den Aufsichtsrat,
so aufwandsschwer zu fassen,
mit Wollust, Wut und mannskerlhart
von Herzen und nach Kräften hassen.

Fäustlinge

Wie bescheiden wir geworden sind,
wie arm statt armselig uns der Reichtum gemacht hat!
Froh die eigene Haut zu Markte tragen zu dürfen,
trotteln wir, zähen Zossen gleich, und kleben Schönheits-
pflaster
auf die Welt, die sich so oder so weiterdreht,
»Kratz mir den Rücken!« grunzt, bärenhaft,
und der wir egal sind, ohne jede Bedeutung.
Freude weitet das Grinsengericht unseres Feindes,
der uns, belgische Brauereipferde, frisst.
Uns schwach sehend, lacht er sich ins Fäustchen,
verspricht uns ein Häus-chen-chen, tscha-tscha-tscha,
und Pustekuchen. Eine Faust? - Unvorhanden, und doch,
verlangt es uns, im Sommer schon erkaltend, nach dem
Fäustling.
(Ich nähme den zweiten von F.K. Waechter;
wöllte jemand wissen, warum, möge er in die Tonne schauen
des Diogenes.)

Degeneration

Früher waren die drei schönsten Worte der Welt:
»Ich liebe dich.«

Darauf folgt die Trias:
»Es ist gutartig.«

Heute heißen die Zauberworte:
»Wir haben Netz!«

Kleiner Radschlag

Willst du die Birne aus dem Hirne nicht verlieren,
musst du dich internetzig absentieren.

Parshipwrecked

Süße, o Süße, ja, ja ICH
liebe, verehre, vermisse
nur dICH!
Dabei weiß ICH von dir nICHt sehr viel,
eigentlICH nICHts, kenne bloß dein »Profil«
und bin aber gar kein Krimi-Profiler.
Doch MY Hanz - du verstehst - ist heiß wie ein Meiler
und Kompromisse
- dassde gleICH weißt,
was mit MIR zu tun haben heißt -,
mach ICH da nICH!
Denn MEIN Hanz und ICH
wollen ja eben nur dICH!
ICH schreibe das jetzt an ein paarhundert Glucken.
Ja sICHa - wo denkste hin? - im Netz.
Schätzchen, let's fetz!
Kannste bei Parship unter MEIN Hanz ankucken.

Zugfahrn mit Netz

Zugfahrn Zugfahrn Zugfahrn
Zugfahrn Zugfahrn Zugfahrn
Stimme vor mir, männlich:
»Wir haben Netz.«

Zugfahrn Zugfahrn Zugfahrn
Zugfahrn Zugfahrn Zugfahrn
Stimme hinter mir, weiblich:
»Wir haben Netz.«

Zugfahrn Zugfahrn Zugfahrn
Zugfahrn Zugfahrn Zugfahrn
Ich bin im Sandwich:
Wir haben Netz.

Hochseilartistisch, ohne Netz
und ohne doppelten Boden
lebe ich, doch die Menschenfischer
werfen ihre Netz-Netze aus.

Zugfahrn Zugfahrn Zugfahrn
Fahr zu Zug, ich möchte Zug fahrn,
zügig im Zug, und Lesen macht klug.
Doch das Buch heißt: »Wir haben Netz.«

Dialogistik

Junger Mann, enthusiasmiert:
»Ich werde jetzt YouTuber!«
Ich, anderweitig konzentriert:
»Mach Sachen! Du spielst Tuba?«
»InFluEnCer! Das werde ich!« Ach, wie entbehrlich.
Ich: »Influenza? Pass bloß auf, das ist gefährlich!«
Er tat das ab: »Ach, hör schon auf, ich komme in den Flow!«
Ich lächelte und sagte nur: »Das klingt nach Job mit Blow.«
Er jubelte verrückt-verzückt: »Millionen Follower!«
Affirmativ gab ich zurück: »Ich trag auch gern Pullover.«
Er sprach dann noch von vielen »Likes« in seinem tollen Leben.
Mein »Och, ich mag mich lieber selbst« fand er komplett daneben.
Es war, ich geb es zu, kein Dialog der Sorte comme il faut.
Und war und ist auch gar nicht wahr. Warum? Ich log's nur so.

Autobahnraststätte

Ein Ort der deutschen Sehnsucht

Was für ein schrecklich holpriges Wort
ist »Autobahnraststätte«!
Doch den Deutschen gilt als magischer Ort
die Autobahnraststätte.

Vier Hauptwörter werden zu einem gefügt:
Auto und Bahn, Rast und Stätte.
Und jeder deutsche Studienrat lügt,
der sagt, dass er das nicht gern hätte.

Das Auto gehört dem Autisten.
Die Bahn bahnt sich ihren Weg.
Die Rast gibt's gleich neben den Pisten
an der letzten Stätte vom Steak.

Es befiehlt der Fahrer des Audis
mit der Lichthupe: »Weg da! Mach schnell!«
Und es glänzt im Antlitz des Rowdys
sein Gebiss, perlschimmernd und hell.

Es glänzt in Erwartung und Freude,
denkt er an die Liebste im Bette?
Nein, sein Sehnen gilt einem Gebäude:
der Autobahnraststätte.

Er rast dorthin um zu rasten,
Bleifuß, gib Gummi, mach schneller!
Er will nur zur »Raste« noch hasten.
Und dann will er: »Fernfahrerteller!«

Will auch Bohnensalat mit Zwiebeln,
Brathähnchen, Pommfritt und Mayo,
und als Gipfel von all diesen Übeln
nimmt er noch Coffee to go.

Dann, rauchend die Light-Zigarette,
draußen bei Wetter und Wind,
denkt er nur: Schöne Raststätte!
Und denkt nicht an Frau noch an Kind.

Nach der Fluppe schleppt er den schweren
Körper, der träg ist und matt,
ins Haus »Sanifair«, zum Entleeren.
Dort gibt es Fäkalienrabatt.

Nach Verrichtung legt er den Gutschein
zu den andren ins Portemonnaie
und steigt in sein Automobil ein
und seufzt beim Abschied: »Adé.«

Er startet den Wagen, den guten,
und lotst ihn zur Zapfsäule hin,
lässt Waschwasser über ihn fluten
und tankt ihn auf mit Benzin.

Und fädelt ihn ein in die Schlange
der Rushhour-Elendskette
und weiß, jetzt dauert's noch lange
zur nächsten Autobahnraststätte.

Die ist ihm die Blaue Blume,
ist Zuversicht, Stecken und Stab
und so fährt er zu ihrem Ruhme
auf der Autobahn bis in sein Grab.

Denn der Deutsche lebt zwar in Sesshaft,
doch dann zieht es ihn wieder hinaus
aus Ehe und Gartengerätschaft
und aus seinem Klinkerbauhaus.

Und dann muss er fahren und fahren
nomadenhaft und mobil.
Und er fährt zu dem einzig ihm wahren
Bestimmungsorte und Ziel.

Denn hier ist der Ort seiner Sehnsucht,
alles so, wie er es gern hätte.
Und es bleibt das Ziel seiner Weltflucht:
die Autobahnraststätte.

PS:
Was ich noch zu sagen hätte,
das heißt Autobahnraststätte
und ein »Sanifair« im Stehn ...

Aus allahlei Gründen

Was nur macht dem IS Beine?
Aljohol und Fleisch der Schweine?
Oder eher doch der Frust
über simplen Geldverlust?
Geldhahn zu!, und pronto, pronto!,
hat man Miese auf dem Konto,

kann sich keine Waffen kaufen,
und so läuft der Mörderhaufen
wie im Tale der Neander
hungernd, frierend auseinander,
löst sich auf und, kann's nicht fassen,
muss die Welt in Frieden lassen.

Groß ist aller Menschen Glück
über Mörders Missgeschick,
Bartgesicht hat sich verrechnet,
Öl und Preise falsch berechnet
und steht flennend da im Regen.
Für die Menschheit ist's ein Segen.

Es erfüllt sich guter Wille
ohne Stoff aus der Destille.
Auch die Schweinlein bleiben leben,
müssen nicht ihr Bestes geben.
Staatsislamer muss kapieren:
Wer Pleitier ist, wird verlieren.

Dieses wissen selbst die Affen:
Geld und Nahrung sind die Waffen,
die im Härtefall entscheiden,

wer sie *nicht* hat, der wird leiden.
Kohle braucht's, um in die Suppen
von IS- und Mullahtruppen

effektiv hineinzuspucken,
das geht schneller als ein Kucken.
Man dreht - ZACK! - den Ölhahn zu.
Der IS gibt auf und Ruh.
Alles staunt: Was machen die denn?
Notgedrungen wirklich Frieden?

Ja, sie tun es, weil sie müssen.
Und in sein Satinkopfkissen
heult nun auch der Waffenhändler,
muss malochen gehn als Pendler.
Schaut er's Spiegelbild, dann ruft es:
»Auf das Ende dieses Schuftes!«

Schön, dass er jetzt nicht mehr grient,
denn alle sind gerecht bedient:
Terrorist wie auch Zahlmeister
stecken klamm im Armutskleister.
Und sie schmeißen ihren Bettel
hin wie auch die Steckbriefzettel:

Todeslisten; sie enthalten
Namen derer, die ausschalten
man, für sogenannte Sünden,
dürfe, aus allahlei Gründen.
Kriegerdepp und Kriegertussi:
Mit dem Stussi ist jetzt Schlussi!

Steckt die religiösen Seifen
weg und fangt an zu begreifen.
Es ist leicht, dies zu kapieren:
Geld ist gut zum Menschen-Schmieren.
Wenn Despoten nicht mehr zahlen
können, hat's ein End mit Qualen.
Und dann heißt es, statt Randalen:
Kreuzchen machen, freie Wahlen.

Hingang der Welt

Gläubischchrist und Gläubischarab
Führn die Welt ins Massengrahab.

Religion und Wahn

Ja, es ist wahr
und sowas von klar:
Die Christen haben es auch getan,
aus Glauben machten sie Blutsäuferwahn.
Sie haben gemordet, gefoltert, geschändet.
Und das endet erst, wenn man es beendet.

Die Kreuzzüge aus arabischer Sicht:
Etwas Brutaleres gab es nicht.
Und das alles, ja hörn Sie mal zu, Dieter Nuhr!,
aus Neid auf Wohlstand, Bildung, Kultur
und was die Begierde sonst noch begehrt,
jetzt läuft die Sache umgekehrt.
Und wieder gilt, dass sie erst endet,
wenn man sie entschlossen beendet.

Hey, Mohammetbrötchenanbeter,
satanische Fersenledertreter,
ihr zerlatscht jede Wahrheit mit Füßen,
ihr werdet niemals Jungfrauen küssen,
Salamisthaufen und Salafistfucker,
blöder als jedes Hühnergegacker.
Ein wahrer Selbstmordattentäter
bringt nur sich selbst um und niemanden später.

Und Rio Reiser, die gute Fee,
singt uns noch einmal: »Nee, nee, nee!«
Pegida, vom Schrumpfkopf bis zum Juli Zeh,
riecht ganz genauso wie Pedigree.

Liebe ja, Religion o na nie!

Religion ist Simullahtion
und Scharfmachermunition.
Da ist Böses im Gange
und geht seiner Wege, schon viel zu lange,

wieder und wieder.

Und nu? Bio-Schweinefleisch für Muslime?
Oder träume ich, kurtvonnegutisch, ich beame
mich auf einen Intelligenzplaneten,
wo man lebt statt zu beten?

Wer ein Mann ist, legt seine Waffen nieder,
dichtet und singt schöne Lieder
und geht seiner Frau höchst zärtlich ans Mieder.

Konfitüre und Firmation

»Wir müssen die jungen Menschen fit machen«,
sagt der Pfarrer, es ist Konfirmation.
Jesus müsste jetzt lachen.
Sie wissen schon: Gottes topfitter Sohn.

Fit zur Entgegennahme
von Umschlägen, randvoll mit Barem,
geheiligt werde dein Name,
in Ewigkeit, basta und Amem.

Amem? - Nein: Amen!,
entgegne ich matt.
Merkt euch der Spender Namen!,
röchelt der Pfarrer, die Gemeinde ist satt.

Religion öffnet die Türen
zu einem Doppelkopfleben.
Tunkt euch in Konfitüren
und lasset euch reichlich geben.

Gebeetchen

Ich bin ein reichlich ausgelutschter Pank
und sitze gern mit einer Kanne,
stets nur vom Guten, auf des Parkes Bank.
Wer hat hier noch was auf der Pfanne?

Fragen zu stellen,
die langsamen, und nicht die schnellen,
find ich höchst selten schlimm.

Nimm, Guter - niemals Lieber! - Gott mich him
so wie ich bim.
Es wäre mir tat-sächlich eine Ehre
und nähme mir die irdne Schwere,
wär ich, verkimmelte Him-Beere,
bei dir im Pimmelhimmel drim.

»Alles gut!«

»Alles gut!«, »Alles gut!«,
warum ist jetzt »Alles gut«?
Immer, immer »Alles gut!«,
bis das Hirn im Hintern ruht,
sagen alle: »Alles gut!«
Nicht nur manches, »Alles gut!«.
Manches aber ist »empörend!«
oder »schlimm!«, das wirkt sehr störend.
Dann ist nicht mehr »Alles gut!«.
Und schnell packt sie zu, die Wut.

Gibt es irgendeinen Zwist,
ist es gut, wenn »Alles gut!« ist.
»Alles gut!« ist nämlich Pflicht.
Ohne »Alles gut!« geht's nicht.
Und so sprach selbst Hamsuns Knut:
»Adolf Hitler? - Alles gut!«
Alle, sogar Karlmays »Schut«,
sagen ständig: »Alles gut!«
Und sie lehren ihre Brut,
zu erklären: »Alles gut!«

Ist so schön herbeigezogen,
ist nicht wahr und nicht gelogen,
ist ideal als Passe-par-tut:
»Alles gut!«, ja: »Alles gut!«
Sagt dir jemand: »Alles gut!«,
Mensch, sei besser auf der Hut.
Und dem »Alles gut!«-Getute
wünsche freundlich »Alles Gute!«

Wer, als wär er ferngesteuert,
ständig »Alles gut!« beteuert,
muss ins Purgatorium,
kommt im »Alles Gut!«en um.

Yepp!, er schmort im Fegefeuer
und muss schlucken: »Phrasenstreuer!«
Muss auch schucken: Phrasensteuer!
»Alles gut!«? - Das wird gut teuer.
Die Rhetorik-Müllabfuhr
kutscht das »Alles Gut!« retour.
»Alles Gut!« ist nichts als Leergut.
Ab dafür und: Danke, sehr gut!

Drei

An den Mann vorm Spiegel

Wenn das Leben dir Glück schenkt
- und das kann tatsächlich passieren -,
geh nicht damit hausieren.
Halt besser die Klappe,
die Welt ist, mehr als man denkt,
von Pappe
aus Missgunst und Neid.
Das kannst du vermeiden:
Bleibe bescheiden.
Sonst fühlst du Leid.

Ein Karnevalskind spricht

An Veilchendienstag wurde ich gezeugt,
mein Vater hatte schon ein Veilchen
und eine Fahne, die im Winde klirrte,
was meine Mutter sehr verwirrte,
sie liest nicht gerne Hölderlin.
Doch ihrem Gatten war sie hold und treu wie Gold
und seinem trunknen Willen hat sie sich gebeugt.
Sie wollte nicht mit Reizen noch mit Spreizen
vergnatzt blöd-prüde geizen.
Mein Vater brauchte dann ein ganzes Weilchen,
geplagt von Hölder- nicht, jedoch von Hängolin
für ihn sehr ungewöhnlich lang zum Aktvollzug,
denn Alk und Akt führn selten zu schön hellem Flug
und lassen auch kein Frühlingsband bunt flattern.
Die Nerven sind's, die zucken, zappeln, tattern.
Doch ward die Sach in zäher, langer Nacht
am Ende tapsig-ungelenk vollbracht,
und so erblickte ich am elften Elften,
ganz pünktlich also zum Saisonbeginn,
das Licht - ach nein, es war November, Monat ohne Trost -,
das Dunkel dieser Welt,
es war von schierem Nichts umtost.
Die Eltern, und ich meine beide Hälften,
hatten's mit Ach und Krach erpömpelt und gemacht.
Wie sagte Peter Hacks in einem seiner Werke,
gedichtet war's, auch das war seine Stärke:
»Es ist oft nicht der Anfang, der gefällt.«

Ostwestfalen

nach der Melodie von Tom Petty: »Southern Accents«

Es gibt 'ne eigenwillige Mundart,
da wo ich wechkomm.
Manche finden sie unzart,
und manche sogar plump.

Wir ha'm 'ne eigene Art zu reden
und manche nennen das dumm,
doch es ist nun mal Ostwestfalen,
wo ich wechkomm.

Wir sind nicht bange vor Maloche
und wir wullacken gern auch mal hart.
Wir sind sentimentale Eichen,
das hat schon Heinrich Heine gesagt.

Wir wissen den Deckel zu zahlen
und wir zahlen gerne prompt.
So ist das in Ostwestfalen,
wo ich wechkomm.

Eine Minute lang war ich am Träumen.
Eine Minute lang schien alles ganz wahr.
Eine Minute lang stand sie da
mit mir.

Es gibt 'nen Traum, den ich noch habe.
Meine Mutter ist jetzt hier.
Und sie kniet sich unten vor das Fenster
und spricht ein Gebet mit mir.

Wir ha'm 'ne eigene Art zu beten
und nie ist sie lammfromm.
Denn es ist nun mal Ostwestfalen,
wo ich wechkomm.

Wir ha'm 'ne eigene Art zu leben,
eher deftig als schick-jung-banal.
Manche finden das alt-modisch,
aber das ist uns egal.

Wir ha'm 'ne eigene Art zu reden
und manche nennen uns dumm.
Doch es ist nun mal Ostwestfalen,
wo ich wechkomm.

Über das Recht

Ein kleines Vatti unsa

Ganz und vollkommen gar bin ich
deiner Meinung über mich
und dass du in allem gesprochenen Mist,
in dem du irrst, ganz in deinem Recht bist.
So, und jetzt sag noch ein letztes Mal Amen,
du Spender von gar nichts als Vatti sein Samen.

Im Freudhaus, Berggasse 19, Wien
für Finn Möhle

Mit dem eigenen Sohn gemeinsam durch die Wohnung
Sigmund Freuds wandeln,
durch das Geburtshaus der avancierten Seelenerforschung:
eine sensationelle Zivilisierungserfahrung,
und auf einmal, intuitiv, verstehst du die Botschaft:
Ich bin über zehntausend Jahre alt und mein Name ist Mensch.
Alle Neurosen verwandeln sich in die Rosen, die sie sind,
und siehe: was für ein prachtvoll knospender Strauß!

Im Arbeitszimmer hängt, denn Arbeit ist tätige Liebe,
am Fensterknauf ein Spiegel,
worin Freud seinen Gesichtskrebs begutachtete.
Schaust du hinein, erkennst du dich:
ein vertrauter Fremder, ein Wesen voller Gründe und
Abgründe,
ein Meer der Möglichkeiten nicht endender Überraschung,
unerschütterlich erschütterbar,
Narbe an Narbe wachsend,
und nicht etwas Hybrides wie der »Ozean der Weisheit«;
das ist die Übersetzung der Trottelbrabbelworte *Dalai Lama*.

Und während das Lama sich selbst wiederkäuend dalait und
adabei dawai dawai spukt und speit,
fällt Leben dich an und du weißt: hier, in Wien, empfängst
du dich,
ein Tropfen der Erkenntnis im Ozean der eigenen
Unwissenheit,
doch ein Großes ist gnädig und bringt dich zur Welt und
schenkt dir, großzügig, das Größte:
Leben und Sprache und Liebe.

Gott schuf die Frau, auf dass er Freud habe an seiner
staunenden Freude;
ein Komplex an Anmut und Schönheit in Hülle und Fülle.
Durch Wiener Mainachten schwebst du,
da ist das Ballhaus, Vienna heißt es;
eine Frau siehst du, mit einem Mund, für die der Papst den
Petersdom niederbrennen würde,
in seinem ersten und einzigen lichten Moment.

Das Tor wird dir aufgetan, und da steht sie,
die Frau, ein rotes Kleid ist ihre schimmernde, leichte
Rüstung,
Hannah ist ihr Name,
und sie sagt: Moagst a Würstl?,
und der Himmel geht auf und die Erde, so scheint dir,
verschlingt dich.
Hier ist sie, die Rahel-Zone,
das blühende glühende Universum,
und dein Herz, prallvoll und prickelnd, geht zur Quelle
und schlägt
kraftvoll und laut wie ein Hammerwerk,
und du spürst jede Sekunde; dafür allein lebst du.

Gott, beglückt ermattet von den Freuden der Schöpfung,
schuf, mit der Weisheit des ältesten Juden, der ER ist,
auf den letzten Tropfen noch auch dich, den Mann:
den Frauen zur Freude bist du geschaffen, sonst lebst du
nicht.
Wer nicht mit Stolz zu knien weiß,
hat die Stärke und Freiheit nicht, sich zu meistern.
Wie will der seinen Geist wahrhaftig begeistern?

Der erste Mann auf der Welt war, es muss so sein, Westfale;
selbst halb Kartoffel, halb Rübe, doch befähigt zum Erkennen und Staunen angesichts irdischer Schönheit,
ausgestattet mit einer Sprach-Art,
auf dass er die Welt zum Sprechen bringe, zum Klingen statt zu Klingen, die man kreuzt:
Kack dir mal nicht auf den Dömmel und verdirb nicht die Klarheit der Welt.
Siehe, da ist die Frau, Gottes Erstes Werk, und nun sprich die Worte der Liebe:
Poah, ich könnt mir direkt unters Kinn pissen!
Und dieses tue, wie alles, das du tust, nach Kräften,
zur höheren Ehre der Schöpfung.

Keine Angst vor Chaos!

Chaos ist meine Lebensform.
Da bin ich wie ein Fisch im Wasser.
Ach, geht mir weg mit eurer Norm.
Es tut der Mensch am besten, was er
am besten kann, am liebsten tut.
Ich schwimme gern bedenkenlos und frei,
weit raus, so wird mir leicht und gut zumut.
Ich mach mir nicht ins Hemd dabei.
Und weißt du, Lieber, was
daran das Allerbeste ist?
Es macht sich auch nicht einer nass,
der sich nicht bange in die Hosen pisst.

Schön und gut
Eine Zuneigung

Schön, wenn du von Herzen sündigst.
Gut, dass du dem Unglück kündigst.

Welt und Bild

Wie will ein Mensch die Menschheit noch bekucken
ohne zu zucken, mit Empörung statt Empore?

Wer bei Verstand ist, der wird blass und bloß,
zwar stark berührt, jedoch im Inneren verständnislos.

Wird das ein irdisch Jemand jemals drucken?
Egal. Bonne route, Odyssa, Cara, fahre!

La vita ist nichts anderes
als es begreifen
und, wenn es futschtlutscht, mit dem halbwegs guten, alten
Steifen
dich und somit mittelich auch mich
nichts anderes als lieben, küssen, lesen, schauen, mit dir
süppeln, mampfen
und, manchmal ist es so, auch mal mit Morgenmürre
Möhren und Kartoffeln stampfen.

Und, so ich über eins verfüge, ein gutes Tier dirmir zum
Zugemüs noch braten.
Und meine Klappe halten. (Wäre ich klug, ich würd dir
niemals auch nur irgendetwas raten.)

Sondern nur JürgenCola wie den Vortagswein saunaweg-
dampfen,
das bitte täglich, schönstenfalls gut ordentlich und möglichst
häufich –
Was dieser Irde Höchstes ist: Du bist nicht käuflich.

Das Leben, so man es erfasst, heißt fare buon amore.

Dies klingt, sogar in meinem Eigenohr, mehr essayistisch und nicht so leuchtend prächtig.
Ich bin, zugeben fällt nicht immer leicht, des schönen Italienischen vollrohr ohnmächtig.

Trost & reich

Natter ist - und hier erlöschen die Debatten -
nun mal ein Anagramm von Ratten.
Pech hat, wer solches Zeug an seinem Herzen nährt.
Doch schön ist, dass kein Irrtum ewig währt.

Was für mich zählt, das sind die Jahre, die wir hatten,
nicht, wenn wer mal gerät an Labor-Laber-Ratten.
Sowas kommt vor; es gäb kein Licht, gäb's nicht auch Schatten.

Nachruf auf einen Engel

Du hast aus vollem Herzen gegeben
und eher bescheiden genommen.
Hast immer alles zurückbekommen,
und so lehrtest du uns zu schweben.

An eine alte Liebe

Ich war schon längst woandershin,
als wir uns wiedertrafen.
So kam ich verspätet in
deinen schönen Hafen.

Tja

Ich habe so gern mit dir gelacht
und dabei immer im Ernst gedacht
- und das war ganz sicher naiv -,
du sähest in dem, das wir leben und sind,
etwas Seelenverwandtes. - Ach, süßes Kind,
dies nur zum Thema Konjunktiv.

Flucht nach vorn

Das übelste von allen Übeln
ist das Grübeln.

Ich möchte nichts auf die Schnelle.
Aber Trampeln auf der Stelle

ist wie Hocken im Sauertopf.
Ein heller Kopf ist ein schneller Kopf,

wach, geschmeidig und, bei Bedarf,
eben auch kochmesserscharf.

Gegen das denunzierte »Bedenkentragen«
werde ich nie etwas sagen.

Ich heiß ja nicht S- oder F-DP
oder bin sonst wie schwer von Kapee.

Doch auch das Gar-nichts-Wagen
und das bibbernde Verzagen

zerrühren den menschlichen Kopf zu Brei.
Los jetzt - Geschwindigkeit ist keine Zauderei.

Arbeiter-Samariter

»Einmal Arbeiter-Samariter, immer Arbeiter-Samariter«
(Friedrich Küppersbusch)

Es gibt die Menschentiere, die die Menschheit hassen.
Die kriegen dreimal »die« in die-sem ersten einen Satz.
Und machen sich ja doch nichts draus, nur auf die Hatz.
Vor allem hassen sie sich selbst und ich soll das erfassen?
Was tun? Nur fressen, saufen, huren, kariolen und
pommfritten, prassen? –
Ich kann die Hände nicht vom Menschenrettenwollen lassen.

Nach dem Erblicken einer alten Münze in London, Prägung »Wiglav Rex«

In Deutschland singt man wieder gerne das Te Deum.
Doch Wiglafs Lied ertönt im Britischen Museum.

Talleyrand statt Tellerrand

Charles-Maurice de Talleyrand wurde am 2. Februar 1754 in Paris
geboren, wo er am 17. Mai 1838 starb. Seitdem fehlt er mir.

Ossi-etzky

Er hatte Mut und die Beharrlichkeit zu widerstehen.
Und darin werden wir uns wiedersehen.
Den Christen ein Amen.
Alle Küsse den Damen.

Schlafen

Man kann schlafen wie ein Stein,
wie ein Murmeltier
oder wie in Abrahams Schoß,
aber glaubt es mir:
Wenn ich in Abrahams versteinertem Murmeltierschoß
so richtig ratze,
dann ist was los!

Bärendienst, erwiesen

Der Grummelgrisselgrizzlybär
macht sich das Leben selber schwer.
Die Welt ist ihm längst viel zu laut,
so liegt er auf der Pellenhaut
in seiner dunklen Stinkehöhle
und will nichts hören vom Genöle.
Doch manchmal denkt er klug: Ich schon mich,
und wackelt ab, zum Bienenhonig.

Rauschtausch

»I am just a dreamer, you are just a dream«
(Neil Young, »Like a Hurricane«, gesungen von Bryan Ferry)

Ich möchte etwas tauschen.
Es wird ein guter Tausch.
Ich nehm dein Meeresrauschen.
Dir geb ich meinen Rausch.

Das Rauschen inspiriert mich.
Es weckt die Sinne auf.
Der Rausch, der deprimiert dich.
Doch das nimmst du in Kauf.

Für Manchmal-Korken-Knallen.
Mit »Hossa!« und »Olé!«.
Das Alte lass ich fallen.
Klirr und Pardauz! Ent-scheiden tut weh.

Ich konnte etwas tauschen.
Für mich ist das sehr gut.
Ich wünsch dir Rausch und Rauschen.
Und schenk dir meine(n) Hut.

Richtigstellung eines populären Irrtums

Ein Albtraum für Fortgeschrittene

Die Binsenweisheit, dass Betrunkene die Wahrheit sagen,
trifft zu, doch gilt sie nur bei Amateuren.
Trink-Profis trinken, weil sie's nicht ertragen,
nicht zu sich selbst und damit auch zu keinem sonst gehören

Stattdessen wollen sie sich laut Gehör verschaffen,
auf eine Art, die niemand, auch sie selbst nicht, hören will.
Sie machen sich zur Wurst, zur Nuss, zum Affen,
im Wissen, es wär besser, sie wärn still.

Doch unter Zwang beleidigen sie und verletzen
Gefühle derer, die es unverhofft und gänzlich unverdient dann trifft.
Sie schätzen sich gering und wissen andre nur gering zu schätzen.
Ach hätten sie, allein und friedlich, in Ruhe mit sich selbst die Klippen nur umschifft.

Doch »hätte« hilft in diesem Zustand nicht, und man tut nur das, was man kann.
Man prügelt, die man liebt, mit Worten, besudelt die geliebte Sprache noch gleich mit.
Und kann nicht aufhörn, denn der Dämon sitzt im Sattel, feuert an,
und aus dem Maul gewordnen Mund rinnsalt nichts außer Shit.

Dann brechen sie zusammen. Und werden, leer und ausgehöhlt, dann wieder wach
und schämen sich knietief und beinahe zu Tode, und hoffen aufs Vergehen ihrer Zeit.
Die Schuldgefühle, rattenrudlig, grinsen sie an, denn sie sind so erbärmlich schwach.
Und sie verfluchen sich: »O Gott! Ich Arsch, ich Vollidiot! Es tut mir alles schrecklich leid!«

Und meinen das, ernüchtert, ganz genauso, wie sie's sagen.
Und können sich danach noch weniger als vorher schon ertragen.
Dies zu dem Unterschied zwischen den mal Trunkenen und echten Trinkern.
Er ist nicht kleiner als der zwischen den Olympialäufern und den Hinkern.

Trunk und Skunk

Eine olfaktorische Betrachtung

Außen voll und innen hohl:
Das war wohl der Alkohol.
Sucht ist eine böse Frucht,
sie bedeutet Flucht mit Wucht.
Und so ist man suchtverflucht,
wenn man sucht und sucht und sucht.
Aber, wie man's dreht und windet,
niemals findet, findet, findet.

Alsbald setzt man jedenfalls
sich die Buddel vorn vorn Hals.
Dies lässt einen niedersinken
und auch aus dem Maule stinken.
Ruhm und Ruf längst weggepfändet,
inwendig schon halb verendet,
pestet man, kaum ist's zu sagen,
miserabel aus dem Magen.

Wenn sich dann die Welt abwendet
und nur ein Signal noch sendet:
Puuh, da hilft nicht mal Odol!,
fühlt man sich auch nicht mehr wohl.
Vieles ist nicht schön am Trunk,
aber stinken wie ein Skunk
ist der Punkte allertiefster.
Alle stöhnen: Mann, was mieft der!

Garstig gärt es aus dem Weinschlauch,
böse ist des Trinkers Anhauch.
Schon von seiner Fahne ist man
breiter als man sonst je sein kann.
Doch der Odem, er verfliegt,
wenn man Suff und Sucht besiegt.
Frohe Kunde macht die Runde:
Er riecht nicht mehr aus rohem Munde.

Wo die Aggressionen wohnen

Herrje, so viele Gefühle
im Menschheits- und Lebensgewühle!
Sie lungern und krauchen
und hungern und fauchen.
Sind sie denn hoffentlich positiv
oder, ogottogott, negativ?
Wer so fragt, der irrt schon sehr lang
und hat, a priori, nur Primi-tiv-Gang.

Denn Gefühle, mein dussliges Kind,
sind nicht so oder so, sondern *sind*.
Libido und Aggression,
Freude am Akkordeon.
Von Todesangst vor Geigen
wollen wir nicht schweigen.
Und auch über Bratschen
sollten wir mal quatschen.

Miss- und Gleichmut, Trauer, Wut:
Der da kriegt was auf den Hut!
Der da kriegt was auf den Kopf
mit dem Zwiebelsuppentopf.
Zwiebelsuppe? - Zwiebeldutt!
Den schlag ich erst recht kaputt.
Und auch die Adolf-trifft-Elvis-Frisur
geht mir gegen die Natur.

Gefühl ausleben? Schreien? Weinen?
Tu dir Zwang an, und mir keinen!
Du träumst von gemischten Gefühlen?
Die kannst du haben, da, zwischen den Stühlen.
Nur »gefühlte Zeit«, Mensch, die gibt es nicht.
So etwas fühlt nur ein Arschgesicht:
ein Erker, in den man eintreten darf,
hart und fest und schmerzend scharf.

Es gibt auch kein »No go«
und schon gar kein »to go«!
Doch unten in Togo, da gibt es Bohnen,
weil dort unsere Aggressionen wohnen.
Die heißen Kloppe, Kloppe und Reiter,
und so geht es immer weiter.
Bis mit großer Weit- und Nachsicht
der Teufel seinen Kreis durchbricht.

Das schwarze Scharf

Schwarze Schafe sind sehr wichtig fürs soziale Leben,
denn ohne schwarze gäbe es für weiße keinen Senf
dazuzugeben.

Die Allzweck-Fredies, steigend hoch auf der Karriereleiter,
benötigen den Blick nach unten, denn sonst kämen sie nicht
weiter.

So müssen auf die Herde von einhundert weißen exakt drei
tiefschwarze Schafe kommen, sonst ist es vorbei

mit Solidaritäterä und mit gesellschaftlichem Frieden,
nach Luther definiert als Ruhe, Ordnung, Pflicht hienieden.

Ich will die weißen Schafe wie die schwarzen, das geht nach
rein ästhetischem Bedarf.
Ich bin kein Mann aus Wales und Irland, Schafe machen
mich nicht scharf.

Bin - Sein - Kann

Bin auf dem Sandstrand unsichtbarer Löwe.
Bin, leicht bedrohlich, auch mal Möwe.
Bin auch sehr gerne Leichtmatrose.
Bin gleichfalls Frau, die ohne Hose
surft, doch das nie im Internet,
sondern in echt, mit Bauch und Brett.

Achtsam sein heißt nicht versieben,
was man leben, schätzen, lieben
kann und möchte, ohne Qualen.
Was ich nicht kann, das heißt Malen.
Will auch niemand andrem schaden,
deshalb bin ich nicht Bin Laden.

Trotzdem greife ich zum Pinsel,
mal mir meine Liebesinsel,
Lange Anna, Externsteine,
Sonnenbrand und Käsebeine,
Helgoland und Ostwestfalen -
wär das schön, ich könnt es malen!

Neid

Ich bin des Neides überdrüssig.
Neid macht dumm, ist überflüssig.
Nur was die Bernsteinhackse trieben,
das hätte ich schon gern geschrieben.
Hab's aber nicht, die waren früher dran,
und also schneller, doch ich brech den Bann.

Neid färbt den Neider gallig, gelb und immer gelber.
Viel schöner, wenn du weißt, wie du dir helpst.
Nur wer ein Größeres als bloß sich selbst
verehren kann, liebt auch sich selber.

Bescheidenheit

Ich bin nicht der liebe Gott,
den es sowieso nicht gibt,
bin nur Passagier von Schrott,
Welt genannt und sehr beliebt.

Autobiographie

Ich war nie ein Jünger des Verzichts
und gab, wie ich es nahm und wie es kam,
im Fall des Falles immer alles,
und eines Morgens kommt das große Nichts.

In aller Bescheidenheit

Dem HERRn, wer der auch immer sei,
sei gern die Dings, ääh ... Rache.
Ich bin nicht ganz so anspruchsfrei
und sag: Mein ist die Sprache.

Vier

Winter 1 & 2

(1) Nach Süden zieht's mich kalamarisch ...

Die Bäume haben keine Blätter mehr,
sie haben nur noch Blattern.
Die Menschheit tut sich ähnlich schwer
und züchtet Rattennattern.

Sie sperrt sich in sich selber ein,
späht ängstlich durch das Gatter.
Misstrauisch will ich niemals sein,
ich glaub, ich mach die Flatter.

Nach Süden zieht's mich kalamarisch
zu Hacks'schen Dardanellen.
Selbst bis Havanna, Kuba fahr isch
ans Meer zu Wind und Wellen.

Und ihr? - Zählt mürrisch Geld und döst.
Lest, Vollidioten, Henscheid!
Wer einen Menschen nur erlöst,
erlöst der nicht die Menschheit?

(2) Radeln im hübsch Kalten

Mit Long Johns und dicken Socken
kann den Radler gar nichts schocken.
Warm beschalt und wohlbemützt,
gut gewappnet und geschützt,
voll im Hoch Unbilly Kid
(das nimmt er auf dem Velo mit),
singt ein Lied und sagt: Lass gehen.
Heißa, ist der Winter schön!

Huîtres toujours pour toi

Noch im Aprille geht's ans Meer.
Oui, vive la Trance, et vive la Mère!

Das klingt, herrje, herrje, herrje,
ja beinah wie der Mont Pell je!

Das Leben, jetztundbier in Oberfranken,
ist zum Dem-guten-Gott-auf-Knieen-Danken!

Ich hab mich aus der Medienwelt
wie ein Karl Toffel rausgepellt.

Der Karl, er lebe, trotz lädierter Hacksen,
schön hoch.

Ich lass mir statt, statt staatlich, einen Kater-Mikesch-
Schnauzbart wachsen.

Meeresseesucht

Meeresfrüchte, reise, flüchte!
Atlantik-Appetit, das sind so Süchte!
Du futterst Austern,
später schaust dann
wieder auf die Wand. -
Sie nennt sich Deutschland.

Vive la Trance

La France, das Frankenreich, c'est comme il faut.
Mann wird von Frau nicht stumpf nach deutschem Tum
bemuttert.
Man austert, muschelt, krabbt, baguettet, rohmilchkäst,
salzbuttert
in diesem Riesenland, wo man sich küsst-zu-Küste-küsst,
klar, so wie so.

Wellen

Wir sind die Wellen,
wir hauen aufs Land
mit großer Gewalt
ohne jeden Verstand.

Aber dennoch mit Sinn,
auf dass das Land lerne,
mit uns zu leben, denn wir kommen gerne
wieder wie der Mond und die Sterne.

Doch zwischen Orkangischt und Wellental
sind wir manchmal auch sentimental
und wünschen uns, wir ollen Car'vellen,
die wir nun mal sind, zurück zu den Quellen.

Die Zikade

Eine Sommererinnerung an Südfrankreich

Sehr schön ist die Zikade,
doch schade, schade, schade
ist, dass sie - ja, auch sie baut Mist -
leider nachts so furchtbar laut ist.

Nun komm schon, chère Zikade,
sei mal am tête malade
und sag der Welt, klar, du bist laut,
weil Muselmän den Christ verhaut.

So machst du dich, Zikade,
zum Star der Zick-Parade,
vor der dann jeder Mensch abhaut
und es dem letzten Wau-Wau graut.

Ich mag sie, die Zikade,
sie ist kein bisschen fade,
ich geb es zu, ja, sie ist laut,
das kommt, weil sie gern Mist baut.

PS:
Zikade, lass dich niemals »Grille« nennen
von Leuten, die doch nur das Grillen kennen.

Ligurien versus Liturgien

Ligurien und Liturgien
sind nahezu anagrammatisch.
Das ›t‹ verhindert solch Blasphemien,
sonst wäre die Sache dramatisch.

Ligurien habe ich richtig gerne:
das Meer, den Mond, helle Sterne, die Berge.
Liturgien sehe ich lieber von ferne,
sind sie doch bloß Brimborjum für Zwerge.

Wenn es Gott gibt und er irgendwo wandelt,
dann ganz sicher auch in Ligurien.
Wo kein Petersdom ihn boshaft verschandelt
und zum Schirmherrn erniedrigt für Liturgien.

Westfalia Italia

Bitte nimm mich, La-Luna-Italien, so hin
wie Westfalen nun eben mal sind:
Als Boskopp mit Döskopp drin frag ich wohin
soll ich sonst als lunatisch-verstrahltes Kind?

See-lische Ebbe

Jahrtausendlang ging's auf die Schnelle.
Ja, das Meer machte die Welle!
Aber heute? -
Nichts mehr, Leute!
Seht das Meer,
hier, bitte sehr:

Statt Tsunamis zu gestalten,
will es Origamis falten.
Denn maleider ist das Meer
see-lisch ausgehöhlt und leer.
Psychisch völlig ausgebrannt
hält es sich nun fern vom Land.

Strand der Dinge

Lackierte Schnatzen, die man »Powerfrauen« nennt,
was Kraftprotzinnen heißt, seltsames Kompliment.
Die Haut hochglanzgeölt, die Schenkel spreizend,
wen sowas reizt, der findet sowas reizend.
Im Sand gewälzt, gewendet wie panierter Pökelfisch.
Die Herren stieren hornig; Hully-Gully noch nach Tisch?
Auch ihre Walnusshirne von der Sonne ausgebrannt.
Die Damen aalen sich gefällig, die sind fällig, wie charmant!
Jede ein Schnäppchen, diskret und immer super-super-
 locker,
sie heißen pseudonym und allesamt Sun Blocker.
Die Kerle, die sie schießen, sind von derselben Sorte
und flüstern, Stecher sind's, in Frauenohren: »Geile Torte!«
Die recken, ein Synchronballett, die hinterrücksen Pforten.
Den staunenden Betrachter inspiriert's zu diesen Worten:
»Japaner seid ihr nicht, obwohl ihr heftig japst,
wenn ihr einander wie bekloppt beklapst.
Jetzt fällt's mir wieder ein: Ihr seid die Besten doch von allen.
Nur als ihr spracht, war mir das einmal kurz entfallen.«

Von Baum und Traum

Ein Berliner auf Reisen

Bäume umarmen?
Isch bitte nisch, habt Erbarmen!
Dann bittisch euch auch britisch ßu Tisch.
Mit selbstjemachten Pommdefritt,
Salz, Pfeffer, Espelette
und Majonäs à la fronßäs
und hinterher orntlich bannich viel Stinkekäs.

Schöner noch als schöne Bäume
sind die Meer- und Meeresträume
von der See und der Gischt
und dass man unter Pinien und Kiefern
die Liebe ßu liefern
hat und sisch einander die ewje vasprischt.
War sonstnochwattjewesen?
Wejen mir jerne nischt.

Plädoyer für das Bedecken der Pelle

Nun ist ein Sommer da, es wird, und das hat fraglos Charme,
zum Draußensitzen freundlich warm.

Das ist recht angenehm, jedoch mit Schauderschauer
verbunden bis zum »Gott erbarme

dich ihrer! Und sei nicht gleich tödlich sauer!«,
so überreichlich viel im »Studio« gequälte Nadelarme.

Der arme Arm jedoch ist es beileibe nicht alleine.
Man sieht auch massig tätowierte Frauen- sowie Männerbeine.

Es gibt nicht wenig Existenzen, die es aufgeilt,
dass man sie, zum Betrachtetwerden, tattoovierteilt.

Die kurzbehoste Badelatschensorte Menschheit zeigt,
was sie nur zeigen kann:

Sie ist so ganz und gar verarschgegeigt,
mit reichlich Schmuck aus allerlei Metall dran.

Die Kindchenseelen zwar sind hin und weg und,
völlig ohnbeachtet, früh zerbrochen.

Zum Ausgleich sind die Nase wie der Mund,
das Ohr und auch Intimeres durchstochen.

Wobei es einem Masochismus-Selbstaussteller-Tors
großen und stetig fitten »fun« bereitet,

wenn er den Lappen seines Ohrs
mit einem Three-Inch-Ofenrohr ausweitet.

Er will vom Leben, wie er's missverstehen
will, und das stimmt nun einmal, ohne Scheiß,

nur dies: psychosozial auffällig sein, sich gehen
lassen, und das um den allerletzten Preis.

Das ist nicht neu, es galt schon immer
die eine feste Regel hier auf Erden:

Was man nicht sehen will, kann man nicht immer
mit ansehn. Man will selbst gesehen werden.

Wie man mit Un- statt Angezogenheit
ein Herz und Hirn ermüdet statt erfreut,

das schreibt euch, liebe Nackichtleut,
stets angekleidet: Euer Sigmund Sommerfreud.

Land der Musen, Land der Zeit

Ein Mann mit Erfahrung (und andre intressiern ja nicht),
ein Mann mit Erfahrung also spricht:

Wenn du nicht warten kannst, dann such dir niemals eine
Frau
und werde auch nicht Musiker, es wär das Gegenteil von
schlau.

Gestern noch Sonnenschein, heut plästert es bestialisch;
Irland ist wunderschön, weiblich und musikalisch.

Rückzu

Er fuhr zerdrückt nach Portugal,
kam gradegerückt zurück.
Und fand Verrückte ganz normal. -
Ich glaub, er hatte Glück.

Selfie Service
oder Die Reise in den eigenen Arsch

Es gibt den Reisenden, er sieht die Welt,
und den Touristen, der sich in ihr Zentrum stellt
und sich für ihren Nabel, aber nie den Schnabel hält.

Tagtäglich reibt er seine Selfie-Stange
und reibt und reibt und reibt so lange

und wartet reibend, dass es doch ein Wunder gibt:
Dass irgendjemand anders als er selbst ihn liebt.

Das kann er glatt vergessen, unser Ego-Lego-Held.

So eitle, arme Selbstgenügsamkeit gibt's viel.
Nicht selten über- und umnachten sie im Wohnmobil.

Rückschau auf Ballin

Wir hatten imma so fülle jehaabt am Aahmt
reichlisch ßu trinken wie ooch ßu stehn.
Wie diesa Ballina Akßent uns abaamt.
Er macht et ei'm leichschta ßu jehn.

Sacht ma Akßent, Arjot oda Mundaat?
Ejal, wenn et nur knorke klingt.
Imma schön ruppisch und dreckisch und hart.
Nur ditt mir keena een »Hertha«-Lied »singt«!

Dit war imma mehr so Jejröle jewesen.
Und schrappich wie'n jroba Besen.
Ick fah uff Besuch jarantiat wieda hin.
War ooch Schönet mit bei, tschau und tschüssi Ballin.

Der Mond über Berlin

Nach dem großen Regen. Ein Lied unterm Mond

Nach dem großen Sommerregen
wusste ich dann wieder weswegen
ich immer noch so gerne hier bin:

Der Mond über Berlin
reißt mich immer, immer noch hin.
Wenn die Nachmitternachtssonne strahlt,
wie von Caspar David Friedrich gemalt.

Es gibt Nächte, in denen man nackt
auf einmal fühlt und begreift,
wie das Universum uns ergreift
und endlich die unendlich dummen Panzer knackt

und uns schleift
und uns packt
und ergreift
und uns schleift.

Ja, der Mond über Berlin
reißt mich immer, immer, immer noch hin.
Wenn die Nachmitternachtssonne scheint
und man mitten im Himmel lacht oder weint.

Und so wusste ich nach dem schönen Segen:
Das kann mich immer bewegen
und zieht mich still zu sich hin.

Der Mond über Berlin,
dein Mund und der Mond über Berlin,
der Mond und dein Mund über Berlin
und ein Himmel, durch den die Wolken ziehn.

Der Mond über Berlin
reißt mich immer, immer noch hin.
Wenn die Nachmitternachtssonne strahlt,
wie von Caspar David Friedrich gemalt

Leipzig, das hypt sich

Fünfhunderttausend Menschen in der Stadt,
nur zwei Millionen von ihnen sind Helden.
Ihren Mythos haben sie noch lange nicht satt,
wer da nicht mitmacht, hat hier nichts zu melden.

Sie haben für Reisefreiheit demonstriert,
für BR-Demokratie und die D-Mark.
Außer der Mark ist dann was andres passiert
und so waten sie weiter im Quark.

- Zuruf aus dem Publikum:
»Nie wieder Quark!« -

Autoverkäufer, Steuerberater,
Anwalt, na klar aus dem Westen,
dazu manch linker Dickdenkervater,
der erklärt: DDR war am besten.

- Erneuter Zuruf aus dem Publikum:
»Do Vaddi! Von nüschd ne Ahnung is ooch ne
Weltanschauung!« -

Wir setzen uns in die Straßenbahn
und sehen uns im Zoo die Bonobos an
und verstehen dann irgendwann,
wie ein Leipziger Leben sein kann.

Ostreisefreiheit heißt Ostsee,
Rügen, Hiddensee, Darß.
So gesehn wär's nicht nötig gewesen -
nun bleibt nur das große »Das war's«.

Darauf sind wir stolz hier in Leipzig.
Und was Leipzig war, heißt jetzt Hypezig.
Wir fragen jeden Fremden: »Was weesten
du schon, nu mach ma nach Dresden!«

Wir setzen uns in die Straßenbahn
und sehen uns im Zoo die Besucher an
und verstehen dann und wann, wie man
in Leipzig so schön leben kann.

Leipzig

Ein Nachruf

Aus dem Leipziger VielAllerlei
wurde der deutsche EinheitsBrei.
Einfalt statt Vielfalt
in smarter Gestalt -
wer mag das leiden?
Brei kann man nicht schneiden.
Das ist die fieseste Falle:
Auslöffeln sollen ihn alle.
Je kleiner das Kaff, desto größer sein Nabel.
Ich esse lieber mit Messer und Gabel.

Köln

Hier ist das ganze Jahr Dauerfeier,
man nennt das Fleisch-göh-weg!, Karne-val.
Aber Clowns isst man hier en gros schon zum Frühstück,
es gibt Brings, BAP, Bläck Fööss, die Höhner.
Deren Anhänger sind für Humor noch nicht reif,
Höhner sind kölsche Hühner mit Kitsch.

Sie legen lustig gemeinte Eier
ab im tiefen Grinsekopp-Sentimental.
Doch gibt es, den guten Kölnern zum Glück,
auch Gerd Köster und andere Ohrenverwöhner,
probono, nicht nur Balla-Balla-EinsLive,
in der Stadt von Willy Milosewitsch.

Der Kölner Dom: Ach, schön ist er schon,
der kölsche Kathole liebt *ihn* und liebt *sich*.
Deshalb gibt es von ihm bis jetzt eine Million,
vierundzwanzigtausend und dreihundertsiebzig.
Oder dreihundertdreiundsiebzig?
Double Income, No Kids, und das gibt sich ...

Ehrenrettung
1 Couplet

Hannover, sagst du, bringt die Menschen um?
Das stimmt doch so nicht, man steigt dort nur um.

Zürisee, morgens

Manchmal gibt es gar nichts mehr zu warten.
Worauf? Auf was? Warum? Wozu?
Gras, Blumen, Bäume glänzen tau-feucht noch im Garten,
du gehst parterre ab und schließt die Tür von außen zu.

Weil es noch frischlich ist, hüllst du dich ein
in Mantel, Schal, Hut und Gedanken,
kaufst am Kiosk noch eine Puro, dazu Zeitung
und lässt dem Mann das Wechselgeld von reichlich Franken.

Legst Feuer an den Tabak, saugst und suckelst tief,
vor einer Beiz lächelt der Wirt dich zum Espresso ein,
nimmst ein Croissant, ein Sperling hüpft zu Tisch,
will seinen Anteil und, was sonst?, bekommt ihn.

So fangen Tage an, an denen du so unarmiert bist wie
entwaffnet,
nicht ausgesetzt den Joggern, Bikern, Düsern, sondern Musen.
Was eben dunkel schien und düster, wird ein leichtes Garn -
kein Ungarn!
Kein Tag, der für die Katz ist, ist verloren, wusste schon
Joachim Ringelnatz.

Aus dessen »tiefster Seele zog, mit Nasenflügelbeben,
ein ungeheurer Appetit nach Frühstück und nach Leben«.
Es gibt den Dalai Laber und es gibt, im Gegenteil, den
wahren Satz:
Die Welt gehört seit jeher und mit Recht schon immer dem
charmanten, frechen Spatz.

Wanderers Abendlied

Wandern bringt Tränen,
Wandern bringt Glück.
Nur wer wandert, kann wähnen,
er käme heile zurück.

Hast dich selbst mitgenommen
als schwersten Ballast.
Bist nicht weit gekommen,
du brauchtest viel Rast

Hattest Angst vor dem Leben.
Aus Angst vor dem Tod.
Doch beide die geben
dir Trost in der Not.

Als Gepäck von dir abfiel,
da ging es sich leicht.
Wer kennt schon sein Ziel,
bis er es erreicht?

Wandern verändert,
du siehst Altes neu.
Hast die Welt weit durchländert
und betrachtest sie scheu.

Du kennst sie im Mieder,
ohne Hose und Hemd.
Nun triffst du sie wieder
vertraut und auch fremd.

Wandern bringt Tränen,
Wandern bringt Glück.
Nur wer wandert, kann wähnen,
er käm als ein andrer zurück.
Nur wer wandert, kann wähnen,
er käm als derselbe zurück.

Im Himmelhilfreich

Allgäu Resort, Bad Grönenbach, Ende Mai Anfang Juni 2017

Nicht das Geringste kritisieren
und vor allem auf nichts insistieren
müssen.
Alles kommt einfach des Weges daher.
Geschehen lassen, keinerlei Gegenwehr:
So ist das Leben zum Küssen.

In der Sauna die Hitze, die prickelt.
Ein Eiswasserbecken, das meinen Körper umwickelt,
als würde ich neu geboren.
Dabei hatte ich mir überhaupt nicht geschworen
sowas Doofes wie glücklich zu sein oder sein zu wollen.
Ich lasse es, tschack-tschack, rocken und rollen,
am Tisch und in den Kissen,
einfach nur so, mit dem fröhlich grundfesten
tief profunden, erlebten Wissen:
einfach nur so ist das Beste vom Besten.

Alle im Himmelhilfreich loben dürfen
ist wie erfolgreich nach Gold zu schürfen.
Und so will ich sie wie die Schöpfung loben
und fühle mich lausbübisch schulschwänzend
leuchtaugig lustvoll und glänzend
dankbar bescheiden erhoben.

Himmel am Meer

Das feste Schuhwerk schnüren und binden,
Feuerholz suchen und finden.
Den Ofen schüren.
Die Liebste bei der Hand nehmen, naklar darf sie führen.
Sie zählt zu den GutenundSüßen.
Und dann die Wildhündin Stella, den Großstern, begrüßen.

Fünf

Über die Flüssigkeit

Mal trinkt man Tee, mal trinkt man Wasser,
was zählt: Das Innere wird nasser.

Mal ist es trüber Apfelsaft,
der full minant Verdauung schafft.

Was immer guttut, und das kann ja
sowohl ein Wein sein wie Champagner,

das nimmt der Leib genau deswegen
in Permanenz höchst gern entgegen.

Was zählt, das ist die Flüssigkeit.
Zu dieser sei der Mensch bereit.

Am Krisenherd

anlässlich der Ankündigung eines Vortrags von Dr. Eva Lischka zum Thema »Der Krisenherd inneres Bauchfett. Das metabolische Syndrom«

Auf dem Küchentisch dampft die Kaffeekanne.
Auf dem Krisenherd schmort, tief in der Pfanne,
das Bauchfett, bevorzugt das innere,
und ich erinnere
mich: Das ist ein Syndrom!
Es ist metabolisch
und sehr, sehr symbolisch.
Aber wofür?
Für Mensch und Tür
ääh ... Tier?
Frau Lischka, bitte sagen Sie's mir:
Schmeckt Ihnen morgens am Herd auch schon Bier?

Wider die Magerkeit

Mikado-Stäbchen-Frauen gibt es in der Tiefkühltruhe
HeidiKlum.
Die Wirklichkeit ist wahr und warm und üppig und hat Herz
und Seele.
Und ist, vor allem andern, bei Verstand.

Schokoladenladen

Winter, will nur schlafen, baden,
doch im Schokoladenladen
gibt es vieles, das mir Kraft gibt,
wie die Frau, die mich mit Saft liebt.

Pillenweise Glückshormone
intressiern mich nicht die Bohne.
Spritzen, Zäpfchen, Pharmaquatsch
wirken nicht bei Schneerestmatsch.

Dafür gibt's den Schoki-Laden,
ja, den Schokoladenladen!
Zügig einzwei ganze Tafeln
helfen gegen Blech und Schwafeln.

Telefon, ich sag, »bin laden,
Schoko-Vorrat flink nachladen
und die Batterie aufladen
gleich im Schokoladenladen«.

Geh vom Schokoladenladen
fix nach Hause, lesen, baden,
Van The Man singt »In the garden«.
Schön ist Schokoladenladen.

Koch unter Dampf

Mehrere Gäste murren schon: »Mampfen! Mampfen!«
Doch im Topf auf dem Herd gibt's kein Blubbern, kein Dampfen.
Was für ein Krampf!
Kocht die Kartoffel nicht, wird sie nie ein Kartoffelstampf.
Koch weiß: Ohne Dampf kein Mampf!
Gästeschar, lauter, johlt: »Kohldampf! Kohldampf!«
Will keinen halbharten Pampf, sondern meersalzbuttrigen Stampf.
Und dann auf in den - man hat ja Kultur - Messer-und-Gabel-Kampf.
Also Herd, mach hinne und Wasserkochdampf!
Man hört schon Getrampel und Stiefelgestampf.
Armer Koch, aber so sind die Leute,
so ist und so isst sie, die Meute,
nein: Sie frisst, frisst auch heute »Mein Kampf«.
Wird der Koch noch vermampft als Menschenstampf?
Nein: Er wirft harte Kartoffeln an hohle Köpfe,
auch Pfannen, Bräter, Geschirr und Töpfe.
Bald trollt sich die Meute.
Und der Koch unter Dampf
futtert zufrieden den nun garen Stampf.
Denn er ist Koch, nicht jedes Blödmanns fette Beute.

Kettencafé Bar Celona, Münsterland

Der Kaffee Latte,
den ich hatte,
war schwach
wie Opas Morgenlatte.
Ich sach
es jetz auf Masematte:

Das war nicht jovel,
das war schovel!

Kellner sagt: »Bitte, Dreizwanzich!«
Ich toppe ihn mit »Dreifümpfzich«.
Kellners Nase rü-rümpft sich.
Bar Celona? Leicht ranzich.

Moralischer Stoßseufzer, japanisch

O Tempura, o Mores!

Piri-Piri-Land

Hier clairt sich das Große
von der Soße.

Beleuchtet

Heimlich still und leise
habe ich mir weise
dein Paketchen aufgemacht:
Du hast mich gerührt und zu Tränen gebracht,
so viel Freude, so liebe Gaben
und so ein Genuss dich beim Laben
in deiner Küche stehen zu sehen.
Ich konnte und kann nicht von dir gehen.
Hatte weder gestern noch heute
Lust auf mir nicht sympa-thische, eher schon sympha-stuhle
    Leute.
Manchmal geht's eben nicht.
Hauptsache, oben leuchtet dein Licht.

Knödelvergleich

Erde und Mond sind verschiedene Knödel.
Erdapfelplanet, immer blau, besteht
aus Lärm und Geschrei und Dauergerödel.
Doch auch das, so man's versteht, vergeht.

Auf dem Knödelmond ist nichts los,
da wächst nicht mal Moos,
toter als tot ist die Hos.
Ist Mond ein Trübtassen-Trauerkloß?

Nö. Mond ist nur vorbildlich unbewohnt.
Für Immobiljisten gibt's keinen Profit!
Mond wird nicht bebaut, weil sich das nicht lohnt.
Was soll man da sagen? Igittigitt!

Und auch der Speckgürtel-Spekulant
findet den Mond einfach indiskutabel,
degoutant und völlig uninteressant.
Dann lieber Wolken kratzen in Babel!

Ha! Wär doch gelacht!
Da haben wir gute Erfahrung gemacht.
Mit dem Türmebauen,
höher und höher schauen,
und schneller und schneller und schneller!
Dann - zack! - ab in den Keller.
(Den kann man als Luxusloft vermieten.
Und keiner darf's einem verbieten!)

Doch zurück zu Knödeln und Klößen:
Es gibt sie in verschiedensten Größen.
Aber Größe ist nur Perspektive.
(Für einen Chihuahua ist jeder Spitz
riesengroß; für die Dogge ist er ein Witz.)
Wichtig ist der Geschmack: savoir-vivre.

Der Erdling kuckt süchtig empor in den Mond
und träumt, dass er als Mann darin wohnt.
Der Mondmann studiert und betrachtet die Erde
und kommt zu dem Schluss: Nichts für mich, diese Merde.

Ich lag unterm Himmel, wo ich träumend wegdöste
und dachte: Was seid ihr, Knödel wie Kloß,
doch beide so knuffig, appetitlich, famos!
Und so esse ich euch, kleine wie große,
selbstverständlich nicht ohne Soße,
jetzt einfach auf: Happs ... Mmmhm ... Das ist das Größte!

Pastatur

Übers Futtern und Dichten

Mehr als im Mund die Pasta
liebe ich nur
unter den Fingern die Tasta-
Natur

Sechs

Traum in Schwarz-Gelb

Mit den Freunden Fritz und Friedrich
sitze ich im Signal Iduna Park,
was hier aber keiner sagt,
das heißt: »im Stadion«,
und gut is.
Der BVB spielt gegen Liverpool
und Stadionsprecher Norbert Dickel,
als »Held von Berlin« eine Ikone
und seit seinem kostenpflichtigen
berechtigten Vulkanausbruch
»Schiri, du Blindmann! Du Blindmann!«,
von sich gegeben im BVB-Live-Radio,
auch Vorbild jedes Kindersportreporters von Rang,
sagt: »Heute spielen wir wie ›Ajax weißer Wirbelwind‹,
wenn sich noch jemand daran erinnert: ›Ajax weißer
  Wirbelwind‹,
zu Ehren von Johan Cruyff«,
und das tun die Jungs dann auch,
Miki, Auba und die anderen,
sie spielen Liverpool schwindelig
und dann ist das Spiel aus.
›Bild‹-Verkäufer tragen ihre Produkte durch die Ränge,
oben auf Seite eins steht riesengroß:
»Klopp geplatzt!«,
und das Foto darunter zeigt:
Das ist jetzt nicht metaphorisch aufzufassen,
und dann steht da noch: »Götze, was nun?«,
und dann wache ich auf und denke, halb benommen,
dass der BVB aber ganz schön viel Platz einnimmt
in meinem Innenleben,
und dann denke ich noch, wieder schläfrig werdend:

Könntest du nicht ganz normale Albträume haben,
so wie jeder andere auch, oder musst du mal »zum
    Nervenarzt?«,
wie meine Omma das nannte,
und dann schlafe ich schön wieder ein.

Rasiert

BVB Borussia Dortmund vs. PAOK Saloniki, 10. 12. 2015, 0:1
für Friedrich

»Heute geht's gegen den ›Salon Niki‹«,
sprach der Dortmunder Kalauerkönig.
»Das wird ein Rehhagelschauer,
die Griechen sind alles Friseure.«

Doch es halfen nicht Auba, nicht Miki.
Man sah von den Griechen zwar wenig,
sah nur eine Doppelhausmauer
und sah ein »Ich bin und zerstöre«.

Und so störten die Griechen die Kreise
der Dortmunder sehr effektiv tief
auf am Ende erfolgreiche Weise. -
Bei Dortmund lief alles nur schief.

Dreimal half der rettende Pfosten
Saloniki aus hoher Not.
Auch der Keeper war gut auf dem Posten
und hielt das Einsnull im Lot.

Friseure? - Nein, eher Barbiere
sind die Männer aus Griechenland.
Nach diesem Mau-Mau-Spiel rasiere
ich mich nur noch mit eigener Hand.

Saisonziel Tripper holen

Ein Bayern-München-Lied

Manchmal hat man's im Turin,
dass das Böse siegen wird.
Für das Schöne ist nichts drin,
es steht da wie angeschmiert,

schlingert, legt sich auf den Pinn.
Und hört hämisch ungeniert
Standardphrasen ohne Sinn:
»Selber schuld, wenn man verliert!

Ha, jetzt seid ihr angepisst!«
Dieser Quatsch wird gern genommen,
wenn, wie's manchmal eben ist,
einer zwar ins Ziel gekommen,

aber bloß als zweiter Sieger,
also schwach und unterlegen,
nicht als »Breitbrust-Überflieger«
gilt, als läge aller Segen

nur im »Siegen! Siegen!! Siegen!!!«
Dieses ist der Zwang der Bayern:
Lernten nie, im Dreck zu liegen,
müssen, mit den dicksten Eiern,

immer Primus sein, der Erste,
größte Yacht von allen Booten,
und man fragt sich: Welt, was lehrste
außer Yachtschein die Idioten?

Doch die Welt zuckt nur die Achseln
und erklärt mit feinem Lächeln:
Lass sie doch noch höher kraxeln,
umso schöner wird ihr Schwächeln,

denn das lässt sich nicht vermeiden,
schließlich gibt es alte Regeln.
Niemand mag die Bayern leiden,
außer Angebern und Flegeln,

die es bitter nötig haben,
sich als »Sieger!« aufzuführen,
sich am »Bester!«-Sein zu laben,
und sonst weiter gar nichts spüren.

Wenn am Ende »Lichtgestalten«,
die nicht mal mehr SKYern dürfen,
trotzig-dumm ihr Licht ausschalten,
zählt das zu den guten Würfen

eines Lebens, das viel Schönes
hat, ums fröhlich zu besingen.
Dazu zählt nicht Uli Hoeneß,
denn der ist vor allen Dingen

Schlimme-Augen-Wurst-Hersteller,
Zocker und Millionenflipper,
nur ein Geldsack-Krimineller,
und der muss ja noch den Tripper

(oders Triple?) fanwärts bringen.
Wen schert schon der Unterschied?
Wenn die Bayerns Hymne singen:
Großes Geld trifft kleines Glied.

Investoren/Geldgeber/Sponsoren

Ein Couplet

Sie hängen sich an uns als wie ein Tropf;
dann tropft ihr Gift, sie wollen Herz und Kopf.

Die Welt, die Liebe, BVB

Dienstag, 27. 09. 2016, 12 Uhr mittags

Zarte Mater, harter Pater?
Ich lieb sie beide, auch den Vater.
Kriegsbedrohung Ukraine?
Ich liebe meine süße Biene.
Die Welt im Eimer, lange schon?
Ich liebe meinen klugen Sohn.
Die Welt da draußen stimmt nicht froh?
Ich liebe Kater Domino.
Die Welt vom Kapital zerrafft?
Das ist zwar wahr, doch zählt die Freundschaft.
Gegen Welt- und Seelenpein
helfen Freunde, hilft Freund sein.

Ein Heute-Hitler ruiniert
die Türkei? - Sowas passiert,
wenn man es geschehen lässt.
Die Angst gibt dieser Welt den Rest.
Terrorwahn und alle kämpfen
um die Welt voll zuzusempfen.
Diese Welt sieht lang schon aus
wie ein Schlacht- und Irrenhaus.
Könnte man mit Totschießwaffen
sich befreien von solch Affen?
Oder helfen Liebe, Güte
gegen Altbrutalohüte?

In Syrien nur Mord und Totschlag?
Schlimm, doch golden ist der Herbsttag.
Amerika wählt Donald Trump?
Ich präferiere Forrest Gump.

Das ferne Böse rückt uns nah?
Wunderbar schmeckt die Cohiba.
Was ich an ihr besonders mag:
Sie mundet schon am Vormittag.
After für Deutschland, ganz banal
kämpft für »Deutschland!« braun-anal?
Das ferne Böse stammt von hier?
Das ist heute nicht mein Bier.

Heute ist mir das egal.
Dortmund trifft Madrid real!

PS um 22 Uhr 35:

Heute tut mir gar nichts weh:
Drei-Zwei für den BVB?
Knapp daneben, leider nee!

Manches nimmt mich doch sehr mit:
Zwei-Eins für Real Madrid?
Ein Zwischenstand, den ich durchlitt.

Gutes Spiel, ich bin zufrieden
mit dem Zwei-Zwei-Unentschieden.

Sieben

Mathe privat

Lieber alles ver7
als einen ver8en

Die Kunst der Füge
1 Couplet

Fundierter Marxist trifft Groucho-Marxist -
wenn das keine glückliche Fügung ist!

Bilden Sie mal einen Satz mit

... Mahatma

»Mit Namen ist es so«, sprach einst Frau Esther Schweins,
erfreulich klug: »Ma hat ma Glück, ma hat ma keins.«

... Caña und Tilde

»Das Caña heiter werden«, sagte sie, und sie war keine Wilde.
»Morgen tut's auch, mañana eben«, sprach Matilde.

... Drosophila

Nord-Süd-Gefälle, wer hat sich das ausgedacht?
Gar bitterlich weint Pedro, Sophi lacht.

... Optik

Bei Donnergrollen hast du mitten auf dem See gefischt.
Dir war es vollkommen egal, optik der Blitz erwischt.

... van Gogh

Fischer Vincent resümiert: »Ein guter Fang, och ja,
das geht doch, gar nicht schlecht für dieses Jahr.«

... Borsalino

Der Mafioso starrt mich an, als sei er ein Mastino.
Ich offeriere ihm Lakritz und er schwärmt: »Boah, Salino!«

... Obsidian

Kann es sein, dass du weißt,
Obsidiana heißt?

Obsidiana Spencer hieß,
schwerst getunnelt in Paris?

Die schönsten Kleider, die man sieht,
schenkt man der Frau. Obsidianzieht?

(Anderes als diese Fragen
habe ich nicht beizutragen.)

... Neymar (1)

»Echt? Zwey-zwey-zwey Mijounen?« Opa gibt es einen Stich.
Er ächzt ostpreußisch harsch: »Ou ney, mar tut doch souwas
nich!«

... Neymar (2)

Sie sieht ihn, das geht durch und durch und gibt ihr eine
Stich.
Sie bebt und betet: »Wenn du eyne nimmst, dann neym mich

... Stetson

Lino Ventura, gecastet oft als Raubein,
war als Privatmensch eher zartfühlend und fein.
Als Ringer begann er, ohne Haudrauf zu sein,
und war nicht wie heutige Nerds stets online.

... Syndrom

Das Tier stand an der SonderBar.
Ich fragte: »Sie syn Dromedar?«

Das Dromedar, breit, lallte locker:
»Na klaaa, ich hab nur einen Hocker.

Nur bei der AfD gibt's Höcker.
Und eine Störchin. Dschieses, föck her!«

... Lampedusa

Du meinst im Ernst, dass du was Bessres als ein Flüchtling
bist?
Gieß dir final doch einen auf die Lampe, du Sadist!

... Honduras

Der Audiotversager neben mir macht auf Vergaser.
Ich denk: »Ob Autobahn-, ob Hakenkreuz, brems schon,
du Raser!«

... Ceylon

Das ist einem Stutzer und Schönling passiert:
Er wurd auf der Frankfotter Zeil onduliert.

... Discounter

Das Leben? Meistens ist's ein Drüber oder Drunter.
Die Jugend, sagt man, gehe in der Disco unter.

... Validierung

Was glotzt ihr so infam auf Rollatorengänger, ihr Grinsebacken hinterm Audi-Steuer?
Fletscht eure Zähne anderswo, ihr werdet auch mal invalid, ihr Ungeheuer!

... Ritalin

Geizeshaltung, Geizeswelt -
niemand leiht mir mal ein Geld.
Onkel Paul und Onkel Heinz,
reich wie Ritter, liehn mir keins.

... Opazität

Opa zieht ätherisch weise
auf die letzte große Reise.

... Asthma

Ein Bahnhofssuffpunk, breit, und das schon ziemlich fürchterlich,
lallt mich am frühen Morgen an: »Ey Alter - asth ma paar Cent für mich?«

Ich nehme mir die Zeit, ganz ernsthaft und sehr freundlich dieses ihm zu sagen:
»Mein Herr, wenn's für Sie weitergehen soll, dann müssen Sie nach hundert Euro fragen.

... bipolar

Es sah sich Roald Amundsen beim Nichtrasieren vor dem Spiegel fragend an:
Schon nach dem Abi Polarforscher, warum habe ich das nur getan?

...»postum« (ohne »h«)
und einen mit »posthum« (mit »h«)

Den ganzen Morgen warte ich schon auf einen Brief von dir.
Der Briefausträger aber trödelt; er bringt die postum vier.

Der gute Gärtner ist nicht dumm,
er gräbt seinen Kompostum.

Seht ihn an, den Menschenquark: macht den Lauten und den Breiten.
Da kann man sagen: wir leben in posthumanen Zeiten.

... diffus

Dein Hirn ist wirr, beschnapst, kopfinnen hast du eine dicke Beule?
Du musst die Fuselöle gründlich brennen, sonst wirst du zur Fuseleule.

... Momentum

Süße, komm doch, nimm's nicht krumm,
dreh dich einen Moment um.

... Elverdissen

Aubameyang, der du uns unsre Herzen wärmst,
weil du so schön spielst und, wenn du dich freust, nicht blöde lärmst.
Wir lieben dich und werden dich vermissen
und nie für 'nen verschossnen Elver dissen.

... Sri Lanka

Malaysias Spitzen-Keeper, ein großer, schneller, schlanker:
Als Fußballtorwartgott ist Nourdins bin Mohd Nasril Anker.

... Sanskrit

Der Hesse nimmt disch untän Fittisch.
Der Bayer grunzt nur: »Mir sans kritisch.«

... Baltrum

Beinah gelaufen war Saison 2017/18, und zwar dumm.
Die BVB-Fans stöhnten matt: Zum Glück ist das Gewürge
jetzt Baltrum.

... Malayen

Eine Kirche zu entweihen,
kost 'n Hunni, kannst malayen?

... Ombudsmann

Der tibetanische Buddhist geht die Erleuchtungs-Chose
ruhig und gemächlich an.
Der aus Westfalen hat es bannig* eilig, stresst die Schüler
und blafft: Sach ma': OM! Butz!!** Mann!!!

* bannig: westfälisch für sehr
**butz, auch sobutz: westfälisch für jetzt gleich, sofort

Haiku übers Haiku

In siebzehn Silben
die ganze Welt abbilden.
Das ist H-I-Q

Haiku, Grundkurs

Hat die Welt Gewicht?
Liebe ist eine Primzahl,
ohne sie geht's nicht.

Garten-Haiku

Rosen im Garten
blühen, leuchten, gedeihen.
Und ich muss niesen.

Rotes Kleid

MV Agusta,
rotes Kleid flattert.
Das ist der Sommer.

Sommer-Haiku

Am Tag dreißig Grad
und dann, mitten in der Nacht,
friert sich mir was ab.

Vorschlag

Öde Elfer-WM.
Dann schäbiges Nachtreten.
Abschaffen wär gut.

WM-Haiku

We Emm macht lustich.
Favoriten fallen leicht.
Radjo berichtet.

Ballina Laubenpieper-Haiku

Haiku macht Abait.
Da ha ick reichlich ßu tun.
Juutt! Ick schließe nun.

Aus der Zeitung ›junger Pirat‹

Fahne zerfleddert.
Schäbige Fetzen am Mast.
Junge turnt sich hoch.

Gestern, heute, morgen

Die Frau, die ich in Armen hielt,
die raucht am liebsten Chesterfield.

Der schöne BeeHaa, den ich seh,
den trägt die Frau, sie raucht HB.

Sie radelt stets, fährt niemals Bike
und raucht sehr fröhlich Lucky Strike.

La femme, die gern »fatale« sich nennt,
die raucht »danach« im Bett stets Kent.

Ist sie das wirklich, die ich kenn?
Sie raucht auf einmal Parisienne!

Ich glaub, ich lieb sie sowieso,
und notfalls raucht sie Marlboro.

Sie sagte dann: »Ich glaub, das war's.«
Und rauchte eine Gauloises.

Urlaub im Regenwald

Lieber Dschungel und Axt
als Duschgel von Axe

Acht

Ode an die Freunde

Liebe Freunde, geht es euch gut?
Oder steckt ihr vielleicht in der Arbeitswut?
Macht ihr eventuell Ferien
im Phantasieland faire rien?
Oder hab ich mit kundiger, klumsiger Hand
den Bogen diesmal dann doch überspannt?
Dagegen hülfe werwas auch immer.
Ich verließ genesen das Krankenzimmer,
geb mir die Freuden der größten Mühe
und koche mir täglich neu frische Brühe.
Sofort gäb ich euch tellerweise ab.
Nur dass ich Gelegenheit dazu nicht hab.
Es ist, nach sehr harschen Wochen und Tagen,
die Zeit gekommen, »Wär schad drum« zu sagen.

Rector & Spiritus
für Vince

Du bist mein Spiritus Rector,
ich war dein Rector Spiritus.
(»Schön ist's zu sein ein Musikus,
schön ist auch der Spiritus«,
wusste schon Herr Wilhelm Bus.)
Aber Quatsch: Der Mann hieß Busch!
Dieser hasste Schmu und Pfusch,
ist der Stern für Zeichnerdichter,
dessen Glanz er nie verlor.
Wir zwei machen uns nichts vor:
Wir sind keine kleinen Lichter,
doch ob die Welt uns auserkor,
auch als Klassiker zu strahlen,
Montblanc-hoch in schwarzen Zahlen,
uns zu sielen und aalen,
ohne je damit zu prahlen,
wollt und will ich niemals wissen.
Möcht mich unbedrückt ins Kissen
drücken, träumen, nichts vermissen,
keinen »Bin ich geil, ey!«-Stuss,
den nur denkt, wer das auch muss.
Eitelkeit ist eine Falle,
wahre Sonne scheint für alle.
Was heißt »Sol lucet omnibus«?
Ein guter Rector Spiritus
ruft kein Taxi, nimmt den Bus.

28 Grad und viel Sonne

Zum 13. Todestag des Dichters, Dramatikers und Essayisten Peter Hacks am 28. August 2016

Am 28. August 2003,
dem 254. Geburtstag Goethes,
starb, er war so frei, 75-jährig
der Dichter Peter Hacks.

Exakt so lange wolle er noch warten mit seinem Hingang,
hatte der stilbewusste Mann angekündigt,
und zuverlässig wie er war, hielt er sich dran
und machte erst dann ein Ende mit der Plackerei des Sterbens.

Hacks ging voraus, ein enger Kreis folgte:
Eberhard Esche 2006,
Anna Elisabeth Wiede 2009,
Hacks' Bewunderer Horst Tomayer 2013.

Karin Gregorek, die Hacks liebte wie er sie,
wird am 26. September 2016 75 Jahre alt.
Sie ist noch immer Schauspielerin
und besitzt auch noch die Schreckschusspistole,
die Hacks ihr 1990 schenkte in Bernöwe am schönen Kanal.
»Nach der Konterrevolution werden viele Verbrecher hier durchkommen«,
sagte Hacks, und sie kamen.

Doch Hacks' Verleger Matthias Oehme ist noch da
und hält Hacks' Werk am Leben
wie alle, die ihn lesen.
Ein pingeliger Stammler ist dabei, ein kluger Leninist von der F
Theaterleute, Musiker, Dichter lassen sich inspirieren

und sehen das Kinderland, das Hacks sich träumte,
noch klarer und schärfer als das Blödundböse, das ihm folgte.

Wer Hacks kannte oder liest, ist für das betrübte Vor-die-Hunde-Gehen verloren;
gut stirbt, wer gut lebt.
»Jeden Tag eine kleine Pflicht,
man kann nicht immer das Große schaffen,
aber an solchen Tagen sind die Sekundärtugenden die Freitreppen des Primären«,
mahnte er mich einmal, als ich mir gestattete, niedergeschlagen zu sein,
eine Nachlässigkeit, die ihm missbehagte.

28 Grad und viel Sonne sind angekündigt für den 28. August 2016 in Berlin,
wo Hacks zu Bette liegt, kunstreich und wirkungsvoll wie immer.
Er, der Kälte verabscheute, wird Gefallen finden an diesen Aussichten,
denn das Wetter, so lehrte er uns, ist stets ein Politikum.

Wir feiern Peter Hacks wie zu seinen Lebzeiten in seinen Worten und Werken
und er, der »den Kunsteunuchen aus Medien und Kritik«,
wie er sie nannte, ein »Holperstein« sein wollte, wird so wenig totzukriegen sein
wie Goethe und Brecht.

Denn allein das Gute ist bleibend und nimmt Heimat in uns,
während das Banale durch die Welt metastasieren muss,
und so werden wir überleben
wie Peter Hacks:
vorwiegend heiter.

Begrabt mein Hirn an der Biegung des Flusses

zur Erinnerung an Harry Rowohlt (27. 3. 1945 - 15. 6. 2015)

Das Leben ist nicht einfach, das Leben ist nicht schwer.
Das Leben ist nur c'est la vie, good luck und bitte sehr.
Ich will mich nicht beschweren, denn beschweren macht es sehr
schwer, ich sauf mich manchmal voll, doch lauf ich niemals leer.

Es gibt da zwar die Fittis, die uns nie-nie-nichts zu sagen
haben, diese Bla-Bla-Bla-und-Bla-Bla-Bla-Bla-Plagen,
nach menschlichem Ermessen kann man sie nicht gut ertragen.
Doch ohne Risiko kein Glück, und das muss man erst wagen

... nicht erst wägen
und runterfressen,
denn sonst kannst du es zersägen
und dann einfach glatt vergessen ...

Begrabt mein Hirn an der Biegung des Flusses
Damit mein Hirn endlich weiß, dass jetzt Schluss is
Es ist nur ein Hirn, doch begraben werden muss es
Begrabt mein Hirn an der Biegung des Flusses

Ja, begrabt mein Hirn an der Biegung des Flusses
Damit mein Hirn endlich weiß, dass jetzt Schluss is
Es ist nur ein Hirn, doch begraben werden muss es
So begrabt mein Hirn an der Biegung des Flusses

Lob der guten Buben

150 Jahre Max und Moritz. Ein Dank an Wilhelm Busch

Gründonnerstag, ein letztes Abendmahl:
Rindertatar mit Zwiebeln, Kapern, Gurken,
und dann küsst Judas Jesus. Wie banal
ist doch das Leben solcher Schurken.

Zum zweiten Gang Poulet Genezareth,
in einer Pfanne schmurgelt schon ein schönes Huhn.
Nur Judas kaiphastet vegan von früh bis spät:
Was soll ich tun, was soll ich tun?

Komm, leg dich weg, langweiligster Verräter,
und überlass die Welt der Tat zwei Tagedieben voller Witz.
Herr Wilhelm Busch erschuf die beiden juvenilen Täter.
Sie wärmen zuverlässig Herzen: Max und Moritz.

Und alle Spießerwelt erzittert in stets wohlgeheizten Stuben
vor diesen süßen, guten bösen Buben.

Der Saxophonist und die Sängerin

Er heißt Ernst-Ludwig Petrowsky
Der Mann ist Saxophonist
Sie aber heißt Uschi Brüning
Das kommt, weil sie Sängerin ist.

Die beiden spielen zusammen
Weil Musiker Kinder sind
Die wollen immerzu spielen
Und reisen, mit dem Wind.

Geboren in Güstrow, in Leipzig
Jetzt lebend am Rand von Berlin
Sieht man sie nomadisierend
Um die Jazzhäuser ziehn.

Sie spielen und singen und spielen
Sie spielen sich noch einen Wolf
Der aber heißt niemals Biermann
Und sie spielen auch nicht blöde Golf.

Sie spielen dschässig und lässig
Nicht deutsch-jatzig Knack und Back
Wenn sie spielen, singen und swingen
Ist die Welt für mich ganz im Lack.

Denn die beiden sind meine Eltern
Sie sind es durch Adoption
Die habe einst ich vorgenommen
Und seitdem bin ich ihr Sohn.

Die beiden leben in Liebe
Und leben in der Musik
Liebend zusammen spielen -
Es gibt kein größeres Glück.

So werden sie lieben und leben
- und diese Legende ist wahr -
Sie spielen und singen und swingen
Und reisen, das halbe Jahr.

Uschi Brüning, Ernst-Ludwig Petrowsky
Ich kniee und ziehe den Hut
Vor euch, meinen Spielkindereltern
Ihr tut so unglaublich gut.

Wilde Zahlen

zur Erinnerung an F. W. Bernstein

Wenn Primzahlen
- man kann auch sagen: Wenn Wilde Zahlen -
weithin strahlen wie Leuchtturmlicht,
gibt's ein Gedicht.

Primzahl, teilbar nur durch sich selbst und durch eins
- sonst gibt's in der Edelzahlkammer kein Fach, ernsthaft
keins -,
ist Prim ohne »e«, nicht »Prime Time«, nicht zum Kauen
Tabak.
Primzahl hat einfach Geschmack.

Nehmen wir Primzahl Nummer zwei:
Das ist die Drei, minus eins ergibt zwei,
die wird, drei addiert, dann zur Fünf: ein Primwort.
Fünf reimt sich auf nichts, an keinem Ort,

auch nicht auf der Krim. Bleibt immer Prim
und alleine, aber das ist nicht schlimm.
Fünf und nochmals die Zwei, das macht sieben.
Sind's Geißlein, von Angst vor Wolf Biermann getrieben?

Publikum, bitte ruhig geblieben!
Es gibt nun mal mehr als sieben
festgelegte Todsünden.
Ich will sie hiermit verkünden.

Eins:
Ellbogen ausfahren: »Ich! Alles meins!«

Zwei:
zu viel Geschrei.

Zwei und zwei ergibt vier.
Zwei ist ein Harmoniegetier.
Vier: ein Streich- oder Autoquartett:
Geschwindigkeitsrausch, volles Mett!

Karre kann kacheln: dreihundert Sachen!
Soll man aber besser nicht machen.
Zur Vier dann die Nichtprimzahl Neun.
Jetzt schlägt es dreizehn, nicht jeden wird's freun.

»Got the number thirteen tatooed on my neck ...«
So fühlt sich der Outlaw: die Nase im Dreck.

Drei:
dahergebrabbelter Brei.

Vier:
Verkehr mit dem wehrlosen Tier.
(Versucht es mit Tigern und Klapperschlangen! -
Da werdet ihr bangen.)

Fünf:
iff Dünnf?

Sechs:
Jedweder Geiz-, Geldgrapsch- und Machtkomplex.
Kluge Frauen verteufeln als Hex.
Sowie das Nichtbier von Beck's.

Sieben:
Fromme Lügen, als Wahrheit beschrieben.

Todsünden kann man viele begehn.
Wer ein Sünder ist, bleibt bei sieben nicht stehn.
Der schafft, als hülfen ihm Engel und Feen,
auch elf, siebzehn und neunzehn!

Die Summe spielt auch mit und ziert sich
nicht im Geringsten: siebenundvierzig!

Doch nun ist es gut mit dem Primzahlbeprahlen!
Herr Ober, ich möchte dann gerne primzahlen.
Eins, fünf und sieben, macht dreizehn Euro
und das für elf Mann, woanders ist's teuro.

Primzahl ist Wildpferd, ist Maverick
der inspirierenden Mathematik.
Was noch gefällt an der Zahlenmystik:
Sie ist weder schick noch macht sie dick.

Und soll von mir niemals weit entfernt sein.
Der Primus der Primzahl heißt Fritz Weigle Bernstein.

Neun

Gesundheitssystem

Erst lädiert, dann ignoriert,
dann sediert und dann seziert.
Dem dies geschieht, den aber nennt
man geflissentlich »Patient«.

Erst heißt es scharf: »Gesundheitskarte!«
Und dann zügig: »Warte, warte!
Nehm Se Platz im Wartezimmer!«
»Sitz!« und »Platz!«, so endet's immer.

Sitzen ist ja so gesund
und man fühlt sich wie ein Hund.
Um den Tag mit Sinn zu runden,
sitzt man dann vier, fünf, sechs Stunden,

blättert stumpf in Sumpfgazetten,
liest, was »Promis« gerne hätten,
alles, was der Mensch nicht braucht.
Der Unmut steigt, die Seele raucht.

Und das Personal, gehetzt,
wiegelt ab: »Nicht jetzt, nicht jetzt!«
Sklavenarbeit, medizinisch,
kann nicht klappen, das ist zynisch.

Ausbeutung heißt Pluralismus,
das Gegenteil von Humanismus.
Alles fragt sich, was ist schlimmer?
Sterben oder Wartezimmer?

Wenn schon nicht Proletarier,
seid doch Solidarier!
Zieht gemeinsam an dem Strang
gegen unmenschlichen Zwang.

Patienten wie auch Personal
leiden unter gleicher Qual.
Macht gemeinsam, wie man's muss,
mit dem »System Gesundheit« Schluss!

Profitables Management
braucht kein Mensch, der Menschen kennt.
Die Menschheit schießt ein Eigentor,
macht sie sich zum Kostenfaktor.

Wer sich die Gülle ausgedacht,
wird düpiert und gar gemacht,
dem gibt man lebenslang, für immer
einen Platz im Wartezimmer.

Therme und Wärme

Eine Hymne

Erst im Aufguss sich anwärmend sitzen,
dann porentief triefen, tropfen und schwitzen.

Dann hoch aus dem Tuch, raus zum Salzabrieb!
(Das klingt ein bisschen wie Viehaustrieb.)

Und wieder hinein, da hin, wo man aufgießt,
wo Salz piekt und süßester Honig fließt.

Den Aufgusshonig könnte man essen,
doch schmiert man sich mit ihm ein stattdessen.

Vor dem Honig das Salz: It's a beautiful healing!
Und man jauchzt nur vor Glück noch: What a peeling!

Wieder zu Hause, das geht ohne Mühe,
kocht man sich Kraftstoff: Gemüsebrühe.

Trinkt Apfelsaft und schlabbert sich satt
und ist auf einmal ganz wunderbar matt.

Denn auch das kann die Wärme
der Schwitzbäder-Therme:

Sie senkt köstlichen Schlaf
auf das menschliche Schaf.

Das fragt noch: »Bin ich ein Schwitzbold?«
Nein, Quatsch, ihm sind Glück und Witz hold!

Und so macht es nicht mehr Rabatz und »Rabäh!«,
sondern, die Äuglein sacht schließend: »Mäh mäh ...«

Lob der Medizin

Hier treffen sich die Pillen
mit dem guten Willen
auf ein Stelldichein.
Ich stell mich ein.

Tretgang

Früh schon auf, etwa zum Beten?
Nein, es geht zum Wassertreten.
Schuh- und Sockenwerk herunter
Hochgekrempelt wird die Hose
Und dann heißt es Wasser treten
Armes heißes Wasser treten
Wasser treten, Wasser treten
Treppchen rauf und Treppchen runter
Wasser treten, Wasser treten
Links und rechts und Wasser treten
Wasser treten, Wasser treten
Armes kaltes Wasser treten
Wasser treten, Wasser treten
Und die ganze Heiß-Kalt-Chose
Macht putzwohl und pudelmunter
Wasser treten, Wasser treten
Statt in Ärsche Wasser treten
Wasser treten, Wasser treten
Fünfzehn Mal geht's in die Runde
Dauert eine Viertelstunde
Wasser treten, Wasser treten
Unschuldiges Wasser treten
Mancher mault, das sei stupide
Doch es macht den Geist luzide
Wasser treten, Wasser treten
Wasser treten, Wasser treten

Grippe? – I wo!

Du hast Grippe, schluckst Tabletten?
So wirst du den Tag nicht retten!

Lock die Grippe mit Champagner,
sie wird schicker: »Ich bin's, Tanja ...«

Gib der Grippe guten Wein,
schon lässt sie das Grippen sein.

Fängt betütert an zu strippen
und will auch was Hartes kippen.

Gib ihr also Aguardiente,
sieh, die Grippe wird zu niente.

Gib ihr dann noch Rumverschnitt.
Das macht sie nicht lange mit.

Füll sie ab mit Jägermeister,
der schmeckt so wie Scheibenkleister.

Schenk ihr ein vom Gin des Lebens,
glaub mir, das ist nicht vergebens.

Und dann gibst du ihr den Rest
mit Irish Whiskey called »Redbreast«.

Die Grippe liegt sternhagelhigh
im Bett, und du bist grippefrei!

Der Anti-Gripp-Grapp-Voodoo

Dem Virus folgt sehr gern heimtürkisch das Bakterium,
doch kommt selbst dieses irgendwann ins Klimakterium.

Und ihr bringt, Viren wie Bakterien, mich niemals um.
Ihr landet lange noch vor mir im Krematorium.

Und weil du, o Bakterium, misch nischt erwischst,
schag isch's dir offen insch Geschischt: Dasch war wohl
nischts.

Lymphdrainage

Morgens geht's zur Lymphen-Nymphe.
Sie empfiehlt mir feste Strümpfe,
die allfällige Drainage
und die gute Beinmassage.

Auch der alte Lymphensittich
krächzt, Kopf unter seinem Fittich:
»Ringelpiez im Wrangelkiez? –
Schöner ist die Lymphjustiz!«

Ich hör ihm zu, eh ich ihn warn:
»Vorsicht, ich bin lymphoman!«

Antrag an die Nachtschwester Anna Steh Sie

O schönste aller Wundermusen,
was du trägst in deinen Blusen,

ist himbeersüß und an und Pfir sich Aprikose.
Ganz so beschaffen ist auch die volle Narkose,

mit der du mich bezaubern kannst, behexen
und ich bin hin und weg, wie Michael Jackson.

Ich gleite tief ins wahre Neverland,
wo niemand mehr im Hamsterkäfig rast und rennt,

kein Alb die Brust drückt, nimmermehr.
O Anna Steh Sie, komm für immer her

zu mir, ich träume mich aus dem Gewirr
mit und zu dir ins Himmels-Wir!

»Bald werden wir liegen im Nirgend
bei einem Engel irgend«,

wusste weise und leise Paul Klee. -
Unsere Liebe ist reinweiß wie Schnee.

Hautkliniklyrik
(Abteilung Juckreiz)

Ich bin so scharf
auf deinen Schorf.
Ich bin scharf,
denn ich bin nun mal vom Dorf.
Ob ich denn an deinen Schorf
mal ran darf, mal ran darf, mal ran darf?

Was ich so gerne von dir möchte,
ist deine geile Schuppenflechte.
Auf dem Dorf fall ich tot um,
da gibt's nicht mal Morphium.
Statt des Nachts nur stumpf zu ratzen,
könnten wir einander kratzen.

Und statt nicht ins Glas zu spucken,
könnten wir uns herzhaft jucken.
Und statt Schafe zu entehren,
uns des Juckreizes erwehren.
Süße, kratz mir meinen Rücken,
denn dann bist du mein Entzücken.

Ich kratze dir auch mittelscharf
deinen Schorf, deinen Schorf, wenn ich darf.

Nur mal so dadahin gesagt

Geht man über den Jordan
oder rutscht man über die Wupper?
Mir ist es so sternenfern schnuppe, woran
ich da-da-dann einmal schnupper.

Charons Liedchen

Ich bin ein alter Fahrensmann.
Sprechen Sie mich mal drauf an.

Gartengesetz

Das einzige Gemüse, auf das man sich
100-prozentig verlassen kann,
heißt Radieschen von unten.

Mein Freund Hein

Ein Liedchen

Es klingelt an der Tür, da steht Freund Hein.
»Was für 'ne Überraschung, komm doch rein!
Legst du ab?, nein, du magst kein Gestrippe,
denn dann sieht man dein Gerippe.
Komm tritt näher, komm tritt ein, mein Freund Hein!

Bitte setz dich, mein Freund Hein, was soll es sein?
Willst du 'n Kurzen, einen Longdrink, ein Glas Wein?
Stört es dich, wenn ich noch gar nichts trinke,
weil ich ehrfürchtig versinke
vor dir, mein Freund Hein, mein Freund Hein.

Es ist Ehrfurcht, nicht Furcht, mein lieber Hein,
Ehrfurcht vor dem Alter, das muss sein.
Komm, lass uns ein bisschen sitzen,
Lebensweisheiten verspritzen,
denn das geht so gut mit dir, mein Freund Hein.

Blass und schmal geworden bist du, mein Freund Hein.
All das Töten, Sterben, Morden, haut das rein?
Und hast du, mein schwarzer Riese,
eine fiese Mid-death-Krise?
Komm, hör auf, das kann nicht sein, mein Freund Hein.

Was ist denn los mit dir, mein Freund Hein?
Pinkelte ich dir etwa ungewollt ans Bein?
Bitte bleib noch eine Weile,
Mensch, wir haben keine Eile.
Komm, bleib sitzen, ruh dich aus, mein lieber Hein.

Nein, du musst jetzt wirklich gehen, mein Freund Hein?
Schade, aber wenn du's sagst, muss es so sein.
Nimm noch einen für die Straße,
es ist zugig auf der Gasse.
Pass gut auf dich auf da draußen, mein Freund Hein.

Ungern nur lass ich dich ziehen, mein Freund Hein.
Unterwegs bei Tag, Nacht, Wetter, Wind, allein.
Doch du musst ja deine Arbeit machen,
ganze und nicht halbe Sachen.
Und musst zuverlässig sein, mein lieber Hein.

Drum sei wacker und nicht traurig, mein Freund Hein.
Denn du bist mit deinem Schicksal nicht allein.
Wir sind Sisyphus, nicht Sissi,
aber dann heißt's Schluss und tschüssi.
Dann ist Feierabend, auch für dich, Freund Hein.

Hast du's auch schon auf der Pumpe, mein Freund Hein?
Ach, das ist doch schnurz und wumpe, lieber Hein!
Was die Leute sich erzählen,
wenn wir beide uns vermählen,
ist mir so egal wie's dir ist, mein Freund Hein.

Ja, das ist uns beiden gleich, mein Freund Hein.
Ob lebendig oder Leich, mein Freund Hein.
Macht es uns auch kreidebleich,
so macht's uns doch beide gleich,
gleich und frei und brüderlich, mein lieber Hein!

Bitte lass dir nicht einreden, gerade du wärst zu hart.
Denn du bist nun mal der erste und der letzte Demokrat.
Du machst, ob schlau, ob dumm, ob arm oder ob reich,
alle Menschen auf der Welt, alle, alle gleich.
Gleich und frei und brüderlich, mein lieber Hein!
Gleich und frei und brüderlich, mein lieber Hein!«

Zwischenbilanz

Du willst noch was?
Das rettet deinen Arsch nicht mehr.
Du gabst, verschwendend, alles
und machst nicht mehr viel her.

Mein Grabstein

Als ich jung war, prophezeite man mir:
»Du wirst auch noch ruhiger, du halbes Tier!«

Die Onkeligkeit und die Unkerei
machten mich lebensbereit und frei,

den Gratissermon behielt ich sehr gut
im Kopf und schöpfte erst Wut und dann Mut

und lebte entsprechend ansprechend wild,
statt die Zeit schon verdösend und schaukelstuhlmild

mit Beruhigungstees in Tasse und Kessel
und einem Gutbuch im Ohrensessel.

Nun bin ich um einiges älter,
wenn auch kein bisschen kälter,

und der Tod tritt, was ich nicht leiden kann,
nicht an mich, sondern an meine Freunde heran.

Eines Tags oder Nachts werde ich dann belämmert
kucken und krieg einen Grabstein gehämmert

und weiß: Das war's jetzt, du bist gewesen.
Wo immer das Grab ist, wird man dann lesen,

ob im Osten, im Süden, im Westen, im Norden:
»Na siehste – der ist auch ruhiger geworden.«

Reiselied

Ich wollte noch auf die Schnelle
Lebensmittel einkaufen.
Kann grad nicht so fixflink laufen,
schaffte es aber zur Bushaltestelle.
Und da lag es, tot, ein Rotkehlchen,
hatte sein Seelchen
fortgegeben,
um anders jetzt weiterzuleben.

Ich beschloss, nicht auf den Bus zu warten,
hob das Rotkehlchen auf,
trug es langsam zum Garten
und begrub es mittels El Schauf.

Kein Name, kein Kreuz,
nur Erde, ein Stein und ein Datum:
26. September 2018.
Wozu das Datum? Warum?
Um festzuhalten, was festzuhalten nicht ist?
Ich weiß es nicht, aber hey, Neunmalkluge,
sagt es mir, ihr, die ihr doch immer alles wisst.

Rotkehlchen, gute Reise.
Alle Weisheit ist leise.
Fliegen ist ein ewiger Kuss.

Und dann nahm ich den Bus.

Nein, ich ging zu Fuß
hinunter zum Fluss.
Es gibt keinen Anfang und es gibt keinen Schluss.

Zehn

Frühlings Erwachen

Ein parktherapeutisches Gespräch für Friedrich

»Guten Morgen, Knospenkontrolle, Ihre Blätter bitte, Fräulein Rosebud ...«

»Aber mein Herr, ich muss doch sehr bitten! Ich bin eine anständige Tulpe!«

»Ach, wie bedauerlich! Gerade wollte ich Ihnen einen Krokuss geben, ganz zärtlich, mit Zunge. Und ihre Schneeglöckchen sind auch ganz allerliebst und reizend ...«

»Machen Sie, dass Sie davonkommen, Sie amaryllischer Poussierstängel, sonst rufe ich die Narzisstenpolizei!«

»O-ha!«

(beide in entgegengesetzten Richtungen bedauernd ab)

Mens sana in Composana oder
Ein Kind im »Gartencenter« spricht

Ich sah so viele Dokus
über den Diplodocus:
Er schiss nie auf dem Lokus,
sondern in die paar wenjen
verbliebenen Gardenien.
So schuf er Dipladenien.

Frühlingstag, morgens

Die Magnolie wirft
ihre zartrosa Blüten
ins Grün, als wären sie ihr
eine Last. Auch dieses Jahr
keine Kamelie gepflanzt;
»zu empfindlich«, sagt die Frau,
»kann keinen Frost ab«.
Wie ich, denke ich schmollend,
aber ich trolle mich nicht.

Frühjahr 2018

So viel Allergie
war nie,
Pollen, Pollen, Pollen,
ich weiß nicht, was die von mir wollen,
und wofür die gut sein sollen.
In diesem Frühjahr war es heftig
und so richtig richtig deftig.
Die Natur, von Grünen überschätzt, war wie ein Koma.
Alle hatten Schnief. O Hatschi! Halef! Oma!

Maitagtraum

Im Park lag er solo sinnend im Gras,
er hatte gebannt gelesen,
ein Buch voll Esprit, und so las er und las,
das war schön und ergiebig gewesen.

Der Mensch aber lebt nicht vom Buch allein,
er braucht auch leuchtende Blumen,
köstliche Früchte, Gezwitscher und Wein
und saftiges Brot, nicht bloß Krumen.

Der Pinienapfel schmeckte so gut,
er träumte von Küssen im Schatten,
es packte ihn heftiger Übermut,
wie er und die Süße sich hatten.

Er sprach im Tagtraum mit rauchigem Bass,
wie er so lag unterm Baume:
»Die Liebe ist eine Frau Anna nass
und keine Trockenpflaume!«

Gartengedanken

Ich hortensie vor mich hin,
weil ich selbst Hortensie bin?
Nein, man muss keine Blume sein, um sich an Blumen
zu erfreun.

Die Amsel zwitschert - englisch: twittert -,
obwohl es stürmt und bald gewittert.
Von ihr bin ich gern Follower
und schenk ihr einen Pull-over.

Der Specht, sonst hämmernd wie behämmert,
und dann vom Kopfschmerz schwer belämmert,
hat dreist und frech und voll enthemmt
ins Vogelhäuschen sich geklemmt.

Drei Igel schmatzen laut beim Essen,
sie haben Mut sich angefressen.
Sie zischen, drängeln und sie raufen.
Ich muss wohl Nachschubfutter kaufen.

Die Katzen pennen in der Schwüle,
sie lieben schöne Gartenstühle.
Es kann mich nicht ein Mü verdrießen,
dass sie mir keinen übrig ließen.

Der Rasen ist erfrischt, gesprengt,
und alle Blumen sind getränkt.
Gleich morgen früh geht's wieder los.
Gestatten, glücklich: Sisyphos.

Der Zeigezeh

Der dicke Zeh heißt Bockermann,
daneben liegt der lange, schmale Zeigezeh, den man sich dann
eindötschen und grünblauviolett einfärben kann.

So viel zur Gachtenabait.
Du weißt üba Wullack beschait?

Doch sehen wir das, altersmild,
eher und lieber halb so wild.

Mücken sind immer
viel schlimmer.

Da müsste man
mal ran.

Klatsch!

Gartenarbeit

Kein Dröhnling ist der Herr der Bäume, Blätter, Gräser,
denn nicht der Lautgerätegärtner ist der starke,
der leise ist's, er zeigt dem Laub niemals den Bläser,
er zeigt ihm nur sehr deutlich eine Harke.

Flattern, leuchten, schweben

Der Dompfaff erweist
mir die Ehre und flattert
vor meinem Fenster.

Im Licht der Sonne
leuchtet seine rote Brust.
Ob ihn sein Dasein

freut? - Ich weiß es nicht.
Mir aber wird leicht ums Herz:
Er schwebt so munter.

Die Schönheit der Kühle nach der Schwüle

Wenn der Regen
plästert und gallert
und Gutes vom Himmel herunterballert,
dann ist das ein Segen.

Aller Dreck kommt vom Tisch
und die Welt riecht wieder frisch.
Wie viel schöner als Flitzbook und Twitter
ist ein Blitzdonner-Sommergewitter.

In der Kühle und Leisheit der Nacht
bin ich kurz aufgewacht.
Die ischiatischen Beine und auch
der knoblauchgeblähte Grummelbauch

bereiten, wie alle Kinder,
zwar einige Sorgen,
die man in sich hineinfressen
kann,

aber auch besser vergessen,
denn schon newmorningmorgen
bricht ein brandneuer Morgen
an.

Bin kein Laden, kein Neuwelterfinder,
kein Kain, eher ein Abel.
Gibt es noch Fragen? Was soll ich sagen:
Weltpassagier lebt passabel.

Treue Männer, Männertreu

Der stolzen Malve
sag ich: »Salve!«
Und mein die Salve nicht aus der MPi.
Auf Blumen schieß ich gera-, bego-, petu-nie!

Das Radio plärrt, ein Moderator fragt:
»Herr Dingsbums, wo verorten Sie
sich denn politisch?« - Der Gast, ein Kluger, lacht und sagt:
»Im Garten, bei meiner Horten-sie.«

Ich liebe Blumen und zu den ganz und sehr wenjen
mit diplomierter Schönheit zählen Dipladenien.
Ich freu mich jedes Mal ganz innozent, naiv, intuitiv,
brandneu,
stimm ich das Loblied der Lobelie an, auf Deutsch auch:
Männertreu.

Die Menschheit kämpft nicht, so sie kämpft, und das ist nicht
der Renner,
fürs ganze Brot, die ganze Bäckerei, bloß für die Krume.
Ich kämpfe für das Menschenrecht heterosexueller Männer
auf Liebe zur und auf Verehrung für die Blume.

Kleine Bitte an den Gartengott

In Litermaßen fließen Tee und Wasser und diverse Limonaden
hinein in einen dürstenden Erwerbsnomaden.
Spätfrühling und Frühsommer spenden lichte Farben,
in Saftiggrün leuchten die Wiesen und, beinahe schon satt-
gelb, Getreidegarben.
Doch diese Lieblingsjahreszeit verströmt, das ist der Preis,
nicht selten auch
den pestilenzwurzenen, garstigen und üblen Hauch
der drückend, lastend zentnerschweren Schwüle.
Herr, wirf nicht Hirn vom Himmel, sondern Kühle!
Hirn haben wir schon selbst, und grad deswegen
treib uns die Wolken zu und schenk uns bitte Regen!

Dicke Luft

muss man klären, sonst wird sie zu dünn

Gestern hingen Wolken tief
und die ganze Welt schien schief.
Doch schon heute geht es heiter
munter weiter auf der Leiter.
Ob nach unten oder oben –
Weiterklettern will ich loben.

Auf dem Weg

Ich will nichts aufbauschen, aufblasen.
Schon gar nicht für PipaPopNasen.
In der winzigsten Miniatur
zeigt sich die Größe der Natur.
Der Everest ist ein Fingerhut.
Das nimmt ihm so wenig seine Größe
wie mir meine Blöße -
Bonsai und bonne route!

Dem Herbst die Harke zeigen

Ein Mantra

Ich will noch nicht, dass Herbst wird,
es ist mir noch zu früh.
Ich will des Sommers Ende
so lang wie möglich sehn.

Ich will den Sommer spüren,
nicht »sehr groß« wie bei Rilke.
Des Langen und des Breiten
will ich durch Sommer gehen.

Und fallen schon die Blätter,
dann harke ich sie fort.
Sie sind nicht reif zum Fallen,
das müssen sie verstehn.

Doch wenn sie tumb verstockt sind
und auf den Rasen regnen,
dann hab ich einen Rechen,
dann sollen sie mal sehn.

Was man ganz sisyphusisch
gegen sie machen kann?
Komm ich mit meiner Harke,
müssen die Blätter gehen.

Sie gehen auf den Kompost
und rotten vor sich hin.
Ich glaub, dass Blätter blöd sind,
die kann kein Mensch verstehn.

Am schlimmsten sind die Alten,
die sind politisch braun.
Ich will den Sommer spüren
vom Kopf bis zu den Zehn.

Herbst

Nu hammwa Herbst,
Zeit, dassde schterbst?
Awatt!

So schöne Farben, Düfte,
Nebelschwaden,
Kastanien, Bucheckern, Eicheln,
Kürbis, gut für Bauch und den Kürgrips
und eine Waffe;
- Bei Asterix ruft ein schwarzer Pirat:
»Ich habe einen Kü'bis an die 'übe gegk'iekt!« -

und, watt willze mehr?, Pilze
und später noch Holunder.
»Fährmann, hol under«?
Nee: »Fährmann, hol über!«

Zugvogels Freiheit

Die Zugvögel ziehen dem Himmel
einen V-Ausschnitt-Pulli an.
Kein regelloses Gewimmel,
Präzisionsformationsflug sieht man.

Und bestaunt Jahr um Jahr dieses Wunder,
genießt die Freuden der Evolution.
Das ist nicht der Wühltischplunder
digitaler Konterrevolution.

Das ist der Schöpfung ureigenster Ausdruck:
Freiheit braucht Reglement.
Der Ornithologe erklärt vom Ausguck
das Gebaren der Vögel. Wer hört ihn schon?

Er klettert, als wär er ein Affe,
auf Bäume, der Wissenschaftszwerg.
Während ich nur schauend erbaffe,
definiert er der Vögel Werk.

Man möcht ihm gebieten zu schweigen,
möcht spotten: »Wie hochintressant!«
Doch wozu ihm die Meinung geigen?
Die Vögel verlassen das Land.

Ich flöge so gerne mit ihnen
als Teil ihrer Staffel davon.
So würd ich der Freiheit dienen,
denn Freiheit braucht Reglement.

Kastanienlied

Ich will den Herbst nicht länger schmähen,
Kastanien gibt's statt Rasenmähen.
Statt Petunien und Geranien
gibt's Kastanien, gibt's Kastanien.

Glänzend leuchtend-braune Kugeln
kann man greifen statt bloß googeln.
Mahagonihaft gemasert,
innen fest und nicht zerfasert.

Sehr gut schmecken Rosskastanien
wilden Schweinen bis nach Spanien,
schmecken Pferden und auch Rehen,
man kann ihre Freude sehen.

Dass Kastanien so gut munden,
diese Bollern, diese runden
Glücklichmacher, lasst uns singen:
»Kastanien sind's, die es voll bringen!

Wie sie unsren Händen schmeicheln,
wie sie unsre Seele streicheln.
Ihre Anmut ist harmonisch!«
Und ich mein das nicht ironisch.

Junge, wenn du wirklich pfiffig
sein willst, nimm schnell diese griffig
en Kastanien in die Hände.
Knete sie, das nimmt kein Ende.

Leg sie samt Schale in die Schalen.
Kannst sie, wenn du kannst, dann malen,
fotografieren, Stück für Stück,
Kastanien sind ein Lebensglück.

Und das Sammeln kann sich lohnen.
Äußerst nahrhaft sind Maronen,
Rotkraut, Wildbret in den Magen,
schon fühlst du ein Wohlbehagen.

Außen stachlig, innen köstlich,
Mensch wie Tieren ist sie tröstlich.
Von Aachen bis nach Anhalt-Zerbst,
hoch die Kastanie, hoch der Herbst!

Holunderbusch

»Für umme« wächst die Beerenfrucht,
nach der man nie vergebens sucht,
im Herbst, und sie wächst wild,
für jeden frei, ganz ohne Preisschild.

Saft wird ihr abgepresst und in den Topf geleitet
oder aus ihr wird ein Gelee bereitet.
Manchmal gibt's Holundertorte, jammi!
Holundertote aber gibt es nie.

Was wärmt das Herz bei Dauerfrost?
Holunder und die Liebespost!
Löffeln, lesen und genesen,
so als wäre nichts gewesen!

Und aus dem Dörfchen Hullerbusch
grüßt Wilhelm, der Holunderbusch.

November vor der Tür

November vor der Tür und alles fürchtet nach dem Herbst den Winter,
sieht Synonyme für den Tod und nichts als Panik steckt dahinter.
Das Suchen nach Gewissheit unumstößlicher Natur ist oft vergebens.
Der Tod indes ist singulär Gewissheit eines ungewissen Lebens.

Es heißt ja schließlich nicht »Feind Hein«, sondern »Freund Hein«.
Und treuer als Freund Hein kann kaum ein andrer Freund dir sein.
Warum denn vor ihm zittern, bibbern, weichen, wanken?
Seine Allgegenwärtigkeit ist Grund, ihm tief zu danken.

Der Tod hält seine Hand stets schützend über dich.
Und du? Zu kleiner Ängstlichkeit verengst du dich?
Umarme ihn, den Freund, und sieh!, es fühlt sich ganz genau
so an wie die Umarmung einer zärtlichen, geliebten Frau.

Versonnen, inniglich, ganz Hand in Hand geht ihr spazieren.
Wer mit dem Tod vermählt lebt, dem kann Böses nicht passieren.

Erster Schnee

Der erste Schnee fiel
und ich dachte an dich.
Du hast den Schnee so gern,
die weißen Flocken,
wie sie tanzen und schwirren,
sich aufs Gesicht legen und schmelzen,
wie sie sich leicht und fluffig
auf die Welt betten und sie verwandeln,
sie sauber und leise machen,
wie man sie zu Schneebällen formt
und zu Schneemännern rollt und auftürmt,
wie man durch sie hindurchtollt
und knarrend auf ihnen geht und hüpft,
und da schmolz auch ich,
wie eine Flocke auf dir.

Winterliebeslied

Findest du zu dir,
findest du zu mir.

Es ist kein kurzer Weg,
aber nichts ist weg.
Ruhe tut gut, die Bude ist Duft.
Und leicht ist die Luft.

Nach dem Kochen gibt's, ha!, eine kräftige Fluppe.
Jetzt freu ich mich auf schöne Gemüsesuppe,
in die Zwiebeln, Knoblauch, Kartoffeln, Möhren,
Fenchel und Sellerie gehören,

Meerrettich, Ingwer und Chili hinein,
genau wie ein kleiner Schuss weißer Wein,
dann wird alles - dschumm! - gründlich durchpüriert
und noch blubbernd mit Herrn Peter Silie garniert.

Pfeffer und Meersalz sind naturalmjenste.
Ach, wie oft ich uns das schon kredenzte!
Bis Temperatur, Laune, Herzschlag stiegen.
Was blieb? - Wohl gewärmt in der Molle liegen,

sich Süßkirschenkuss-Gedichte vorlesen,
ohne die kein Mensch je liebend gewesen
wäre, ohne diese guten
alten Wunderwünschelruten.

Zwischen den Jahren

Die allerletzten Dezembertage
nennt man, so bedeutsam wie vage
und nicht ganz richtig, »zwischen den Jahren«.
Warum? - Egal. Man hat Zeit für das Garen
und Schmoren in größter Bequemlichkeit,
schwelgt wohlig und satt in Zufriedenheit.

Süßkram wird mehr als reichlich verschlickert,
mittags, vielleicht schon leicht angeschickert,
erzählt man sich Unfug und gibbelt und gnickert,
schlüpft unters Plumeau, wo man selig nickert.
Man kann auch ein schönes Nichtweihnachtslied singen,
Braten und Kuchen und Bücher verschlingen.

Ja, schmökern und den Nachttisch leer lesen!
Arbeit war Arbeit und ist gewesen.
Fernsehn und Radio bleiben schön aus
und bringen nicht Grusel und Schrecken frei Haus,
die Türen schließt man und so die Welt aus,
die weiter absäuft mit Mann und mit Maus.

Statt Maus lieber Katze, sie streicheln, sie füttern.
Was sollte uns dabei denn noch erschüttern?
Mit dem »Frieden auf Erden« ist es nichts geworden.
Digitalatavisten präferieren das Morden.
Für die Masters of War besteht jedweder Sinn
des Lebens darin zu jubeln: »Gewinn!«

Doch zwischen den Laken sich liebend zu paaren
ist immer ein Trost, nicht nur zwischen den Jahren.

Brainstorm im Winter

Regenwolken überm Dachfirst,
Sturm, dass fast das Haus zerbirst
und du halb meschugge wirst,
beinah denkst: »Come on boy, jump!«

Kaum noch Ziegel auf dem Dachstuhl,
fragst du freundlich, aber cool:
Heißt analog zum First Fool Trump
die Dachfirst Lady »Lady Bump«?

Januarmorgen

Bin bei Sternenhimmel erwacht,
im Nochdunkel der Nacht.
Im Bettboot im Hafen,
hab ich fertig geschlafen,
nun wird der Tag entfacht.

So wie im Ofen das Feuer -
ein rußiges Abenteuer!
Gut, dass es Zeitungen gibt,
die der Kamin zu fressen so liebt.
Alles andere wäre gelacht.

Kamin oder Kaminer?
Dichter oder Schlawiner?
Wer braucht schon den Komparativ
von einem Substantiv?
Und der Butterfahrtschriftsteller
schreibt, schreibt schneller und schneller,
so wie er es immer macht.

Jetzt schneit es in dicken Flocken,
kein Muezzin und kein Glocken-
geläute stören die Ruh
zwischen dir und mir, ich und du.
Wahre Stille ist weiß,

wie unschuldig unbeschriebnes Papier.
Und dafür, glaube mir,
weil ich das und dich so sehr mag,
zahle ich meinen Preis,
im Nochdunkel zwischen Nacht und Tag,
im Schondunkel zwischen Tag und Nacht.

Stoizismus

Das Wetter wettert vor sich hin.
Ich bleibe - Warum nicht? -: Ich bin
schon heute das auf dieser Erde,
was ich, womöglich, einmal werde.

Was soll das sein? Etwa ein Fuchs?
Oder ein ohrgezauster Luchs?
Ein Kofferfisch? Ein Vogel Greif,
lebendig, nicht als Tier von Steiff?

Ein Faultier, das in Schläferträumen
schlaff rumhängt in sehr dichten Bäumen?
Ein Siebenschläfer, der höchst funny
das Wetter macht, teils bad, teils sunny?

Womit wir End-auf-Anfang wären
in klimaktären Sei's-drum-Sphären:
Das Wetter wettert vor sich hin.
Ich bleibe - Warum nicht? -: Ich bin.

Elf

Der Mensch, ein Zwitter-, nicht ein Twitter-Wesen

Natur ist normative Kraft, Gewalt und Schönheit,
Königin des Faktischen.
Kultur ist Arbeit an der vorgefundnen Welt und sie
bedarf des Praktischen.
Als Gott den Menschen schuf, gab er ihm eine Formel
mit auf seinen Weg, er sprach sie leise:
Natur bist du und auch Kultur, nun mische beides,
und misch weise.

Platz in der Welt

Man sieht in eine rohe Menschenfresse und man weiß:
Trieb ist Kulturverzicht,
während ein Ete-und-Petete-Antlitz uns verrät:
Kultur ist Triebverzicht.
Ich brauche beides nicht und nicht die Wahl des Einen statt
des Vielen
und lebe weiter, mich stets wundernd, zwischen allen Stilen.

Fundament und Firmament

(Und im Kopf kein Sackzement)

Firmament und Fundament hört man diskutieren,
räson-argumentieren,
wer von den beiden bedeutsamer sei
für des Menschen Wohlergehn und Gedeih.

Das Fundament sprach, die Stimme heftig,
tief und rau, gewaltig und kräftig:
»O wie dumm schon diese Frage!
Also hört gut zu, was ich sage:
Ich, das Fundament, bin hier wichtig!
Ohne mich steht alles schief statt grad richtig.
Ohne mich sackt alles erdrutschig ab.
Ohne mich lägt ihr in der Grube, im Grab.«

Das Firmament stimmte dem lächelnd zu:
»Der Mensch braucht was Festes und das gibst du.
Du lässt ihn nicht straucheln, nicht eiern noch wanken,
ohne dich ginge er fix über die Planken.
Auf dir ruht das Haus der Erde, der Welt.
Ich bin nur ein flüchtiges Himmelszelt.
Du bist die Statik, die Stabilität,
ich bin bloß da für die Labilität,

für das geheimnisvoll Ungewisse,
für die Fragen, die Sehnsüchte, für die Risse.
Du bist fürs Dasein da, ich für das Träumen,
für Phantasien, die überschäumen.
Du gibst das Sichre zum Draufstehen und Gehen,
mich kann nur der, der dich nicht sieht, sehen.

Auf dir beruht alles, das belegen die Zahlen.
Doch vergiss nie, wie hell ferne Sterne strahlen.«

Aus der Disput. Fruchtloser Streit blieb vermieden,
Funda- und Firmament vereint statt geschieden.
Der Mensch braucht Stand unter seinen Füßen,
ohne den kann er den Himmel nicht küssen.

Glücklich wird sein, der sie beide kennt:
Das Fundament wie das Firmament.

Aussichten

Vernünftig besehn gibt es nur eine Wahl:
Entweder ist dir die Welt schweizerisch-schießegal,
ein verzichtbarer Posten, oder es wird geschossen,
aber das macht die Menschen umfänglich verdrossen,
und das sind sie ja schon über Gebühr genug,
von täglichen Prügeln, Krieg, Lug und Trug.
Und so sing ich's in Terzen und Quinten:
Egal ist die Lage von hinten.

Welt und Bein und Sein

Die Welt, ein wirres Wirdnichbessa.
Müssen wir alle doch noch untas Messa?

Och nö, trumpt, erdogant und södert doch alleine. -
Die Menschheit streckt, sehr weiblich, ihre schönen Beine.

Die geben dieser Welt erst eine Form und eben keine
Uniform.
Die Wirkungen sind sehr erstaunlich und, in jeder
Hin-Sicht, ganz enorm.

Und so - und auch nur so - wird es dann langsam etwas
besser.
Allein die Liebe hilft against die Menschenfresser.

Ringel dich nie ohne Natz

(sonst nimmst du hier besser nicht Platz)

»Vom andern aus lerne die Welt begreifen«,
heißt es bei Ringelnatz.
Sprechen, um andere einzuseifen,
ist langweilig und für die Katz.
An Konversation, um recht zu haben,
und nicht, um Neues zu erfahren,
mag sich, wer's braucht, ich-ich-fixiert laben.
Er muss sich dann auch mit sich selber paaren.
Wer sich für den Größten halten will,
soll dasselbe mit seiner Klappe tun:
sie halten, schön geschlossen und still
und sich von der Last des Prahlens ausruhn.
Du kannst reden und labern und alle besempfen
und weit über dich und dein tolles Los schweifen.
Du kannst alle niederschreien und -kämpfen.
Doch vom andern nur lernst du die Welt begreifen.

Zahnfleisch, auch für Vegetarier

Du gehst auf dem Zahnfleisch, sagst du mir.
Warte noch kurz, ich antworte dir.
Schone dein Zahnfleisch, du brauchst Zähne zum Kauen,
und mit Kauen nur kannst du das Leben verdauen.
Du musst nichts verteidigen mit Zähnen und Klauen,
aber zahnlos kannst du schlecht auf dich bauen.
Du hast Depressionen? Wer hat die nicht?
Sie sind eine Krankheit: seelische Gicht.
Da hilft kein stumpfes: Komm, raff dich auf,
wenn du denkst, die Kugel steckt längst schon im Lauf.
Doch auf dem Zahnfleisch gehen, geht in die Hose.
Du bekommst davon seelische Parodontose.

Leuchtspurmunition

Die Welt, der Himmel,
prachtvolles Flimmern und Funkeln.
Dann - zack! - zappenduster,
du stehst völlig im Dunkeln.

Und siehst nichts mehr,
nicht die geringste Schattierung.
Da ist keinerlei Orient-
wie Okzidentierung.

Dann ein Ton, eine Zeile,
ein Kuss nur und schon
ist da, was du brauchtest:
Leuchtspurmunition.

Lieber Ärger als Kummer

Draußen grölt, sehr unbestellt,
die Party-Party-Party-Welt.
Wer von den Doofen am dööfsten ist, schreit
seine Doofheit zwanghaft heraus.
Bis der Nachbar, krank davon, aus dem Haus
läuft und den Lärm von sich speit.
So lautet offenbar das Gesetz.
Wessentwegen ich mich mannichmal fetz
und meinstensmal viel lieber out of law bin.
Das muss sein, ein tieferer Sinn liegt nicht drin.
Und nun zurück in die Dichtung,
die weist uns die Richtung zur Lichtung.

Kommunikation

Es bleibt dabei:
Vier Augen sehen
weniger als zwei.
Aber vier Ohren hören
mehr als sechs, acht oder zehn.
Also bitte nicht stören.

Welt im Auge

Behalten wir's im Auge,
dass die Welt was tauge,
dass aus der schönen, alten Erde,
womöglich, einmal eine werde.

Nichts Neues unter Mond und Sonne

Bist du tieftief eingekellert, down and out,
wird die Meute frech und gierig, dreist und laut
und wartet drauf, dass du ein letztes Mal bald hauchst.

Bist du aber fröhlich, ist die Stimmung oben,
werden dich die Leute kräftig loben,
obwohl du's von denen weder willst noch brauchst.

Lass uns lieber diese schöne Lippe kess riskieren:
Reden wir mit Katzen, Vögeln und mit echten Menschentieren.

Segen

Wir haben uns so gut und wahr verbündet
Ich habe es der ganzen Welt verkündet
In jeder schönen Kirche hab ich Kerzen angezündet
Für den großen Fluss, der in die tiefe See einmündet

Zukunft

Die Welt geht vor die Hunde,
und wir tun so, als könnten wir nichts tun.
Möglichenfalls vermögen wir tatsächlich
nichts gegen die Vermögenden?
Vive la Commune!
Die hundert Tage wären doch ein Fest!
Und dann, gebt uns, wie gründlich eingeübt, den Rest.

»Venceremos!«?

Dass es mit »Venceremos!« noch gelingt,
hat derzeit kaum Wahrscheinlichkeit.
Was uns jedoch stets weiterbringt,
ist fröhliche Beharrlichkeit.

Die Kunst der Heiterkeit

Dies Land ist für alle da,
nicht nur für die, die schon vorher da warn
und die jetzt hasserfüllt grölen
im feigen Mob ohne Seelen.

Auf dass wir nicht ermüden vor der Zeit
und uns üben in der schönen Kunst der Heiterkeit.
Ja, dass wir nicht ermüden vor der Zeit
und uns üben in der Kampfkunst Heiterkeit.

Piratenlied für den Nomadennachwuchs

für Guy Martini

Nun wirst du schon sechs Jahre alt,
beeil dich nicht zu sehr.
Die Zeit macht uns noch alle kalt,
die Wahrheit liegt im Meer.

Hee-oh-hee!
Stechen wir in See!
Piraten die wir sind,
ob Kerl oder Kind.

Du bist beides,
vermeid es
nicht!
Du bist ein Korsar, kein Fliegengewicht!

Wenn auf der See die Segel flattern
und unsere Feinde schlottern und schnattern,
sind wir, naturelement,
in unserem Element.

Seien wir ehrlich:
La vie ist so gefährlich wie herrlich!
Was kümmern uns schon die Leute?
Schnappen wir uns die Beute!

Alle haben geheuchelt, gelogen,
aber niemals die Wellen und Wogen
des großen Ozeans,
den du, ja, ich erahn's,

befahren wirst als Pirat,
als Mann der Tat, ohne Verrat!
So wirst du sein, lieber Guy –
darauf eine Mutter Martini!

Kinderhymne

Erwachsene sind nicht erwachsen,
eher zwergenhaft verwachsen.
Seid ihr von nichts Schönem befeuert,
sondern tatsächlich final bescheuert?

Wollt ihr ernsthaft wirklich Krieg?
Träumt ihr immer noch vom Sieg?
Wer denn gegen wen wofür? -
Es gibt immer eine offene Tür.

Wir packen euch am Schlafittchen
und sperren euch ein ins Kittchen
zum Räuber Hotzenplotz ins Spritzenhaus,
da kuckt ihr alt aussehend raus

durch schwedische Gardinen.
Wir sitzen draußen, in Blumen und Bienen,
Vögeln und Schmetterlingen,
und sprechen von schönen Dingen

und gehen ihnen so auf den Grund.
Wir tauchen tief bis zum guten Fund.
Ihr aber, kriegsgeil, waidwunde,
geht zugrunde.

Landjournalismus

Im Lokalblatt steht als Hauptmeldung auf Seite 1:
»Wespen attackieren Hamelner Schüler.
Elf Kinder gestochen.
Bereits zweiter Vorfall in diesem Monat.«

Das nenne ich eine Zeitung, die Prioritäten setzt,
die meldet, was Menschen wirklich interessiert
und ein für die meisten unverzichtbares Feindbild liefert:
die Wespe.

Es dreht sich die Welt auch ohne Putin, Merkel, Clinton,
Trump,
ohne Hass auf Flüchtlinge.
Ohne Laufsteg- und Castingshow-Promis,
ohne Charity und Arschgeigen aller Couleur.

Da sind die Kinder und die Wespen, die sie bedrohen.
Der Lokaljournalismus hat es begriffen:
Zeit und Zeiger stehen still,
wenn ein ruhiger Geist es will.

Morgentauplan ohne h

Noch kein einziger Mensch ist da zum Stören
in den Morgenstunden, die nur mir gehören
und den Vögeln und Katzen, die kriegen Futter.
Ja kommt alle her, hier, Futter ist Mutter.

Ich darf ganz eins sein mit Schöpfung und Kosmos,
muss nicht schon wieder Hammer und Amboss
sein; dieser Dauerwind ums Nehmen und Geben
macht manchmal doch etwas müde am Leben.

Doch jetzt glänzt das Auge in blitzendem Funkeln,
Kamelien sind da und auch Ranunkeln
(die sind so viel klüger als Menschen, die schunkeln).
Und Tulpen sind sowieso leuchtende Sterne.
Ach liebe Tulpen, ihr trinkt viel und gerne!

Kein Schiet ist da, kein Schangel der Welt,
kein Gerangel, kein Gezerre um Geld,
kein Zeug, das nur klebt, aber nicht bleibt,
kein Gewürge, Geningel, kein Gargel.
Das Einzige, das mich drängend treibt,
ist vom Abend zuvor der köstliche Spargel.

Nur die Vögel singen und pfeifen.
In aller Stille nichts an- noch begreifen!
Nur, ganz natürlich bloß, alles verstehen.
Eines Morgens, in dieser sich sammelnden Stille,
werde ich gehen.
Die Vorstellung Welt ist aus, sagt der Wille.

Aber gemach und nichts überstürzen!
Man muss das Leben mit Leben würzen.
Jetzt erst mal, und auch das ist ein Großglück,
Kaffeedüfte und Brötchen, ha!, Frühstück!
Nur eins mach ich nicht, und zwar: mir Sorgen.
Denn es ist Morgen.

Feindbild schon am Morgen

Eichelhäher schreit
»Überall Feinde!«, kreischt er
Aber er täuscht sich

Zu diesem Buch

Die im vorliegenden Band versammelten Gedichte entstammen einer Auswahl, die Wiglaf Droste noch im Winter bzw. Frühjahr 2018/19 für eine Buchveröffentlichung vorbereitet hat. »Tisch und Bett« schließt an die beiden vorangegangenen Gedichtbände »Nutzt gar nichts, es ist Liebe« (2005) und »Wasabi dir nur getan?« (2015) an.

Vielfalt der Themen, Vielgestaltigkeit der Formen sind auch in diesem letzten Gedichtband Ergebnis und Summe unausgesetzter Wortarbeit (deren glänzende Leichtigkeit sich harter Maloche - auf gut Westfälisch: wullacken - verdankte). Der Tonlagen gibt es mannigfache, allen gemein ist ihre geglückt sprachschöpferische Zielsicherheit. Rhythmische Musikalität bezeugt oftmals, wie wichtig dem Dichter das Singen war. Und in allen wirkt - von keinem Haltbarkeitsdatum beschränkt - unverwechselbare persönliche Präsenz: »Wie ein Pfeil im Flitzebogen ...«.

Zum Autor

Wiglaf Droste wurde am 27. Juni 1961 in Herford, Ostwestfalen, geboren. Der Lehrersohn wuchs mit seinen Brüdern in Altenhagen bei Bielefeld auf, die Familie mütterlicherseits stammte aus Ostpreußen. Nach Abitur am Bielefelder Gymnasium Heepen und Zivildienst beim Arbeiter-Samariter-Bund ging er nach Berlin zum Studium (Publizistik und Kommunikationswissenschaften), das er schon nach wenigen Wochen der »schulähnlichen Zustände« wegen zugunsten von Aushilfsjobs und Mitarbeit bei verschiedenen Zeitungsblättern aufgab, u.a. beim *Spandauer Volksblatt*, *tip* und *taz* (Letzterer war er trotz dreifacher Trennung bis 2006 publizistisch verbunden). 1989 erste Buchveröffentlichung: »Kommunikaze«, im selben Jahr auch die erste Single: »Grönemeyer kann nicht tanzen«.

Eine wachsende Fangemeinde gewann er u.a. durch das mit Michael Stein 1991 gegründete Benno-Ohnesorg-Theater an der Berliner Volksbühne, in dem er eine besondere Art von Politshowlesungen entwickelte, bei denen - später auch quer durch die Republik praktiziert - Musik (z.B. mit der Punk-Rock-Band »Geile Götter« und ab 2000 mit dem »Spardosen-Terzett«) zum unverzichtbaren Bestandteil der satirisch-literarischen Performance wurde. Von Harry Rowohlts Charakterisierung als »singender Hammerhai« fühlte er sich angesprochen. Wiglaf Drostes aus dieser Zeit stammenden bitterböse und verletzend genau formulierten und deswegen oftmals justiziablen Generalattacken und verbale Rundumschläge zu Tabuthemen deutscher Befindlichkeit sind in zahlreichen Buchausgaben dokumentiert, stellvertretend seien genannt: »Begrabt mein Hirn an der Biegung des Flusses« (1997), »Bombardiert Belgien! & Brot und Gürtelrosen« (1999), »Der infrarote Korsar« (2003), »Wir sägen uns die Beine ab und sehen aus wie Gregor Gysi« (2004). Ein stattliches Werkverzeichnis führt insgesamt mehr als 35 selbstständige Buchveröffentlichungen auf.

Mit dem Stuttgarter Sternekoch Vincent Klink gab er von 1999 bis 2013 vierteljährlich die »kulinarische Kampfschrift« - so die martialische wie selbstironische Eigenwerbung - »Häuptling Eigener Herd« heraus, fein gestaltete und von jeweils einem namhaften Cartoonisten illustrierte Bände zum Themenkreis Essen und Trinken sowie zu den Umtrieben der Nahrungsmittelindustrie (Auswahl in: »Wir schnallen den Gürtel weiter«, 2008). Wiglaf Droste arbeitete u.a. mit Illustratoren wie Nikolaus Heidelbach (z.B. »Wurst«, 2006, »Nomade im Speck«, 2016) und Jamiri (»Der Kater Humpelkumpel und ich«, 2017). Daneben sprach er Hörbücher von Autoren ein, die er verehrte, u.a. Peter Hacks, James Krüss, Dashiell Hammett und Voltaire u.a.m.

Ab 2006 lebte Wiglaf Droste nicht mehr in Berlin-Kreuzberg, sondern überwiegend in Leipzig, zugleich setzte in dieser Zeit die Zusammenarbeit mit der Zeitung *junge Welt* ein, für die er ab Januar 2011 eine tägliche Kolumne schrieb.

2009 war Wiglaf Droste Stadtschreiber in Rheinsberg. Für seine Sprachkunst wurde er 2003 mit dem Ben-Witter-Preis und 2005 mit dem Annette-von-Droste-Hülshoff-Preis ausgezeichnet. 2013 erhielt er den Peter-Hille-Literaturpreis und den Nieheimer Schuhu. 2018 schließlich wurde ihm der Göttinger Elch »für sein Lebenswerk satirischer Provenienz und satirische Mehrfachbegabung« verliehen, für den er sich bei der Preisverleihung mit einem a cappella gesungenen »Knockin' on Heaven's Door« bedankte.

Seit Spätherbst 2017 lebte Wiglaf Droste in Pottenstein, Oberfranken, wo er am 15. Mai 2019 starb. Am 26. Juli 2019 fand die Seebestattung vor Helgoland statt.

Register

Lektorat: A+S Koranyi, Renningen

Satz: Schuster & Junge, München
Cover: Michael Sowa
Druck und Bindung: Pustet, Regensburg
ISBN 978-3-95614-356-4